U0643817

麦克尤恩作品 | Ian McEwan

In Between the Sheets

床笫之间

[英]伊恩·麦克尤恩————著

杨向荣—————译

上海译文出版社

床第之间

献给维克·萨奇

目 录

色情作品

　　奥伯恩步行穿过索霍市场,向位于布雷尔街的哥哥的店铺走去。一小撮人正在店里匆匆翻看着杂志,哈罗德站在角落高起的平台上,透过自己鹅卵石般厚厚的镜片监视着这伙人。哈罗德勉强有五英尺高,穿一双经过增高处理的鞋子。在成为他的员工之前,奥伯恩总是管哈罗德叫小矬子。在哈罗德的肘子旁边,一台微型收音机在吱吱呀呀地播报着下午的赛会详情。"瞧,"哈罗德带着些微蔑视的口气说,"这位慷慨的兄弟。"他每发个辅音,那双被放大了的眼睛就眨巴一下。他越过奥伯恩的肩膀望过去。"先生们,所有杂志都是用来出售的。"顾客们像受了惊扰的梦中人般不舒服地躁动起来。其中一个顾客把杂志放回原位,迅速从店里走出去。"你上哪儿去了?"哈罗德说,把声音放得更低。他从高台上走下来,穿上外衣,抬头望着奥伯恩,等着他回答。小娃子。奥伯恩比哥哥小十岁,对他和他的成功极度厌恶,然而,奇怪的是,此刻,却想得到他的赞许。"我不是有个预约吗,"他平静地说。"我得淋病了。"哈罗德很开心。他伸出手开玩笑地捣了捣奥伯恩的肩膀。"活该,"他说,然后夸张地咯咯咯地笑起来。又一个顾客溜出书店。哈罗德在门口过道喊了声:"我五点回来。"哥哥离开后奥伯恩笑了笑。他把两个拇指扣进牛仔裤兜,然后晃晃悠悠地朝那群紧紧挤成一团的顾客走去。"先生们,要我帮忙吗,这些杂志全都是要出售的。"他们像受到惊吓的猫头鹰般在他面前四散开来,忽然间,店里只有他一个人了。

一个五十多岁的胖女人站在一张塑料浴帘前,除了穿条短裤,戴个防毒面具外,赤身裸体。她的双手软弱无力地垂在身子的两侧,其中一只手上还夹了支暗暗燃烧的香烟。月度人妻。自从有了防毒面具和床上的厚橡胶床单,安多佛的约翰写道,我们就从不向后看。奥伯恩玩了会儿收音机,然后就关了。他有条不紊地翻着杂志的内页,接着停下读起书信来。一个没有割过包皮的处男,不讲卫生,到五月就四十二岁了,至今都不敢翻开包皮,因为害怕可能看到的东西。我做过很多蠕虫的噩梦。奥伯恩大声笑了起来,交

8

起双腿。他把杂志放到原位,又回头摆弄起收音机来,迅速打开又关上,听到的全是某个词不明就里的中间部分。他在店里走来走去,把架子上的杂志都摆正了。他站在门口盯着湿漉漉的街道,街上纵横交错着塑料胶过道铺出的彩色条块。他一遍又一遍地哼着一个曲调,到结尾时又暗示很快要从头开始。接着他又来到哈罗德站的那个高台上,打了两个电话,都是打到医院的,第一个是打给露西的。但是德鲁护士正在病房里忙着,不能出来接电话。奥伯恩留言说,总之,他晚上不能来见她了,明天会再打电话。他又拨通医院的总机,这次是找儿科病房的见习护士谢泼德。"喂,"波琳拿起电话时听到奥伯恩说,"是我。"他挺直身子斜靠在墙上。波琳是个不太爱说话的女孩,有一次看讲述杀虫剂对蝴蝶影响的影片时都哭了,她总想用自己的爱来救赎奥伯恩。这时她笑了,"我给你打了整整一上午的电话。"她说,"你哥哥没告诉你吗?"

"听着,"奥伯恩说,"我八点左右到你那儿,"然后挂断电话。

哈罗德六点过了才回来,奥伯恩头枕在前臂上差不多睡着了。这时店里没有一个顾客。奥伯恩只卖出了一本《美国婊子》。"那些美国杂志,"哈罗德把那十五镑和一小把银币从放钱的抽屉里倒空时说,"挺好的。"哈罗德穿着新皮夹克。奥伯恩用手指欣赏地抚弄着夹克。"七十八镑,"哈罗德说,在一面鱼眼形镜子前挺直身子看着。他的眼镜闪闪发亮。"挺好的,"奥伯恩说。"他妈的正合适,"哈罗德说,然后开始要关店打烊了。"永远不要对星期三抱太大期望,"他伸手去关防盗警报器时惆怅地说,"星期三就是个破逼天。"这时奥伯恩站在镜子前,仔细查看着从嘴角长出的一条小小的粉刺痕迹。"你还真他妈的没有开玩笑,"他同意道。

哈罗德的家在邮局塔的脚下,奥伯恩从他手里给自己租了个房间。两人一声不吭并肩走着。哈罗德一次又一次地瞥着路边店铺黑乎乎的玻璃,想看看自己的影子和新皮夹克。小矬子。奥伯恩说:"冷吧?"哈罗德没吭声。几分钟后,他们经过一家小酒馆,哈罗德领着奥伯恩走进这个阴暗冷清的酒馆说:"既然你得了淋病,那我就请你喝上一杯吧。"酒馆老板听了这话,兴致盎然地注视着奥伯恩。他们各自喝了三杯苏格兰威士忌,当奥伯恩要为第四轮付款时,哈罗德说："噢,对了,你正在玩儿的那两个护士有一个打电话了。"奥伯恩点了点头,擦了把嘴唇。稍顿片刻,哈罗德说:"你在这方面行啊……"奥伯恩又点了点头。"没错。"哈罗德的夹克闪着光。他去接自己那杯酒的时候,夹克吱吱作响。奥伯恩不想跟他透露任何情况。他把双手啪地合在一起。"没错,"他又说了遍,目光越过哥哥的头顶,盯着空空荡荡的吧台。哈罗德又试探了一次。"她想知道你上哪儿去了……""我敢说她知道。"奥伯恩含含糊糊地说,然后又笑了笑。

波琳个子不高,也不太爱说话,脸蛋苍白得毫无血色,被一道浓重的黑色刘海分割开来。她的眼睛大大的,是绿色的,神色挺警惕。她住的公寓既狭小又潮湿,跟一个从不过来的秘书合住。奥伯恩十点后才过来,有点醉了,需要洗个澡,清洗掉最近老萦绕在指甲上的那股若有若无的脓腥味儿。波琳坐在一个小木凳上看着他,很享受。有一次波琳还倾身向前,触摸了下他身体绽开水面的部分。奥伯恩闭着眼睛,双手在体侧漂浮着。唯一能听到的声音只有水箱逐渐减弱的嘶嘶声。波琳悄无声息地站起来,从自己卧室里拿来一条干净的白毛巾。奥伯恩听不到她离去或者回来。她又坐下,只要有可能,就伸手弄乱奥伯恩纠结成一团的湿头发。"吃的全坏了,"她说,没有指责的意思。奥伯恩的眼角积满了汗珠,像泪水般沿着鼻梁滚下来。波琳把手搁在奥伯恩从浑浊的水里突出来的膝盖上。在冰凉的墙上,蒸汽变成了水,毫无意义的几分钟过去了。"没关系,亲爱的,"奥伯恩说,然后站起来。

波琳出去买啤酒和比萨饼了,奥伯恩在她小小的卧室里躺着等待。十分钟过去了。他草草地检查了下干净却红肿的尿道口后穿上衣服,在客厅里无精打采地走来走去。波琳寥寥无几的藏书没有他感兴趣的。没有杂志。他走进厨房想找喝的。除了一块烤煳的馅饼什么都没有。奥伯恩剔掉边上烤煳的碎片吃起来,同时翻着一本照片日历。吃完后,他又想起自己这是在等波琳。他看了看手表。波琳已经出去差不多半个小时了。他迅速站起来,顺带碰翻了身后厨房的那把椅子。他在客厅里逗留了会儿,然后毅然决然走出公寓,出门后顺手摔上前门。他匆匆忙忙地下了楼梯,担心可别在这儿碰到波琳,既然已经决定要走了。可她就在那儿。正在二楼半中腰往上爬呢,微微有些气喘,怀里搂满了瓶子和锡纸包。"你上哪儿去了?"奥伯恩说。波琳在他下面几级台阶站住。她的脸蛋很不自然地从那堆东西上朝上仰望着,眼白和锡纸在黑暗中清晰可见。"常去的地方关门了,我只好多走了些路……对不起。"他们站住不动。奥伯恩并不饿。他想走了。他把拇指勾进牛仔裤的腰里,对着看不见的天花板仰起头,接着又俯视着在那里等待的波琳。"哦,"他终于说话了,"我正想走呢。"波琳开始往上走,挤过奥伯恩身边时,轻声说了句:"真傻。"奥伯恩转身跟在她后面,含含糊糊地哄骗过去。

奥伯恩在门口的墙上靠着,波琳把椅子扶直了。奥伯恩的脑袋动了动,意思是他不想吃波琳摆在盘子里的任何食物。她给奥伯恩倒了杯啤酒,然后跪下收拾掉在地上的黑点心渣。他们在客厅里坐着。奥伯恩喝着酒,波琳慢吞吞地吃着东西,两个人都不说话。奥伯恩把酒全喝完了,手搭在波琳的膝盖上。她没有转过身来。奥伯恩兴奋地说:"你怎么了?"她说没什么。因为激怒而兴奋的奥伯恩靠得更近些,手臂保护般搂住她的肩膀。"告诉你怎么回事,"他仿佛喃喃自语地说。"我们到床上去吧。"波琳突然站起来,走进卧室。奥伯恩双手扣在脑后坐着。他听到波琳在脱衣

13

服,听到床在咯吱咯吱地响着。他站起来走进卧室,依然没有欲望。

波琳躺在床上,奥伯恩已经迅速脱了衣服,在她身边躺下。波琳并没有像往常那样接纳他,动都没动。奥伯恩抬起胳臂想抚摸她的肩膀,可是又让手重重地落到被子上。两人在越来越强烈的沉默氛围中躺着,最后奥伯恩决定给她最后一次机会,嘴里毫不掩饰地咕哝着,使劲用胳臂肘撑起身子,把自己的脸置于波琳的上方。她满含泪水的双眼越过奥伯恩盯着别处。"怎么了?"他用迁就顺从、咏叹般的腔调说。那双眼睛稍微动了动,盯着奥伯恩的眼睛。"都是你。"波琳干脆地说。奥伯恩回到床上自己待的那头,过了会儿威胁性地说:"我明白了。"然后,他一跃而起,到她上面,又越过去,来到房间遥远的那头。"好吧⋯⋯"他说。他把自己的鞋带挽了个结,接着又寻找衬衫。波琳背对着他。但是等奥伯恩要穿过客厅的时候,她却起来了,那一声比一声强的反对的抽泣迫使他站住,回过头来。她全身洁白,穿着一条棉睡裙,站在卧室门口,又像站在空中,同时如同处在那个断断续续的空间的每个弧光点上,如同特技摄影师拍的跳水运动员,她已经到了房间的尽头,到了奥伯恩西服

14

的翻领旁边,嘴咬着手指关节,摇晃着头。奥伯恩笑了,伸出双臂搂住她的肩膀。谅解的感觉从奥伯恩的心中迅速掠过。两个人互相依偎着回到房间。奥伯恩脱掉衣服,他们躺了下来。奥伯恩平躺着,波琳的头枕在他的肩膀上。

奥伯恩说:"我不知道你心里是怎么样想的。"这样的想法让他深感慰藉,接着倒头就睡着了。半个小时后他又醒来。一周十二个小时一班的工作已经让波琳精疲力竭,她在奥伯恩的胳臂上睡得很熟。他轻轻地摇了摇波琳。"嗨,"他说。奥伯恩又使劲摇了摇,波琳起伏有致的呼吸被打断,开始有了动弹。奥伯恩戏仿某部不记得名字的电影里言简意赅的台词说,"嗨,咱们还有件事儿没办呢……"

哈罗德非常激动。第二天临近中午,奥伯恩走进店里的时候,哈罗德抓住他的胳臂,在空中挥舞着一张纸。他差不多是在喊叫了。"我彻底想清楚了。我知道拿这个店干什么了。""哦,是吗,"奥伯恩无精打采地说,他把手指放到眼睛上揉着,直到那难以忍受的瘙痒变成可以接受的疼痛。哈罗德搓着那双粉红色的小手,急匆匆地解释着。"我要全卖美国人的东西。今天早晨我打电话跟他们的代理谈了,用不了半小时他就会过来。我要把那些尿逼玩意儿一本一英镑全处理掉。我要每本4.5英镑包下整个《佛罗伦萨别墅》系列。"

奥伯恩穿过店铺,朝搭着哈罗德夹克的椅子走去。他试了试夹克。当然是太小了。"我打算叫它大洋彼岸书屋,"哈罗德说。奥伯恩把夹克扔到椅子上。夹克滑到地上,像个放了气的爬行动物的气囊。哈罗德捡起夹克,仍然不停地说着。"如果独家经营佛伦萨,就能拿到特别的折扣,"哈罗德咯咯笑着说,"他们还会出钱付他妈的那个霓虹灯牌子的费用呢。"

奥伯恩坐下来,打断哥哥的话。"那些该死的充气女人你抛售了多少? 地下室里还有二十五个那破东西。"可是哈罗德正往两只玻璃杯里倒着威士忌。"要不了半小时就到了,"他又说了一遍,然后给奥伯恩递了一杯。"大买卖啊,"奥伯恩说,嘬了口酒。"我想让你下午把货车开到诺波利,把订的货取回来。我想马上做起来。"

奥伯恩闷闷不乐地坐在那儿喝着酒,这时哥哥吹着口哨在店里忙来忙去。一个男人进来买杂志。"瞧,"奥伯恩尖酸地说,这时那个顾客还在带触须的避孕套前逗留着。

"他买了个英国货,对吗?"那个男人难为情地转身走了。哈罗德走过来,蹲在奥伯恩坐的椅子跟前,像对幼儿解释性交是怎么回事般说起来。"我能赚多少钱?七十五便士的百分之四十。三十便士。三十他妈的便士。在《佛罗伦萨别墅》上,每4.5英镑我能赚到百分之五十。而这个,"他的手在奥伯恩的膝盖上飞快地拍了下。"就是我所谓的生意。"

奥伯恩在哈罗德脸前拧着空杯子,耐心地等着哥哥斟满……小婊子。

《佛罗伦萨别墅》的库房是一幢废弃的教堂,位于诺波利靠布里克顿斯那侧的一条阶梯式窄街上。奥伯恩从主廊道进去。西边设了个简陋的硬纸板搭的办公室和接待室。接待室里那个洗礼盆当烟灰缸用。一个染了头蓝发、上了些年纪的女人独自坐在办公室里打着字。奥伯恩叩敲移窗的时候,她没有理睬,后来起身把玻璃板滑向一侧。她接过奥伯恩推到眼前的订单,用毫不掩饰的厌恶表情瞥了他一眼。这个女人说话一本正经。"你最好在这儿再等等。"奥伯恩在洗礼盆附近漫不经心地跳了几下踢踏舞,梳了梳头发,吹着那个不断循环的口哨。忽然一个穿了件棕色外套、

17

拿着个书写板的枯瘦男人走到他身边。"大洋彼岸书屋的?"他问道。奥伯恩耸耸肩,跟着他走了。两人一块儿沿着螺钉拴住的书架构成的长长通道慢慢走过去,老头儿推着辆挺大的推车,奥伯恩背着双手在稍微前面点走着。每走几码,仓库保管员就站住不动了,恼火地喘着气,从书架上拎起厚厚一摞杂志。推车上载的东西逐渐多起来。老头儿的喘气声在教堂四周嘶哑地回荡着。到了过道的尽头,他索性坐在推车上,坐在那几摞干干净净的杂志堆中间,咳嗽起来,朝一张纸巾里连咳嗽带吐痰,折腾了足有一分多钟,然后,小心翼翼地把纸巾和里面发绿的东西叠起来,放回衣兜。他对奥伯恩说:"来吧,你年轻。你来推这东西。"奥伯恩说:"你自己推这破玩意儿吧。这是你的活儿。"说完,给了老头儿一支烟,还替他点上。

奥伯恩冲着书架点着头。"你在这儿看了不少书吧。"老头儿恼火地出了口气说:"全是垃圾。都该禁售。"他们继续往前走去。到了尽头,趁着在发货清单上签字的时候,奥伯恩说:"今晚你跟谁搭班? 是办公室里的那位女士吗?"仓库管理员被逗得挺开心,咯咯咯的笑声像铃铛般响彻四周,随之,又化作一阵咳嗽。他有气无力地靠住墙,完全恢复过

18

来后又昂起头,意味深长地眨巴着水汪汪的眼睛。可是,奥伯恩已经转过身,推着那些杂志出去,朝货车推过去。

露西比波琳大十岁,略微有些发胖。可是她的公寓又大又舒服。她是正式护士,波琳还只是个实习生。两人互相对对方的事儿完全不知情。奥伯恩在地铁站给露西买了朵花。露西给他开门时,奥伯恩递上花,虚情假意地鞠了一躬,把鞋跟踢得咔嗒作响。"谢罪之礼?"她轻蔑地说,然后把黄水仙拿走。她领着奥伯恩走进卧室。他们并排坐在床上。奥伯恩有些敷衍地往上抚摸着她的大腿。她推开奥伯恩的胳臂说:"坦白吧,最近这三天去哪儿了?"奥伯恩几乎想不起来了。有两个晚上跟波琳在一块儿,一个晚上跟哥哥的几个朋友去酒吧了。

在粉红色的灯芯绒床单上,奥伯恩舒服地伸伸腰。"你知道……给哈罗德打工经常干到挺晚。书店要改装。诸如此类的事儿。"

"就是那些黄书嘛,"露西带着细细的尖声笑着说。

奥伯恩站起来,把鞋子踢掉。"不要提这个了,"他说,很高兴那种防守解除了。露西向前倾过身子,捡起他的鞋。

"这样踢会把鞋底弄坏的,"她着急地说。

两人都脱光衣服。露西把自己的衣服整齐地挂在柜橱里。奥伯恩几乎全身赤裸地站在她面前时,露西厌恶地皱了皱鼻子。"怎么是这种味儿?"奥伯恩感觉受到了伤害。"我得洗个澡,"他唐突地说。

露西用手搅了搅洗澡水,用大得盖过龙头哗哗响的声音说,"你该带些衣服,让我来洗。"她用手指勾住奥伯恩内裤的松紧带,"把这个给我,明天早晨就干了。"奥伯恩满怀柔情蜜意,让自己的手指缠绕住露西的手指。"不用,不用,"他急声吼叫着说。"这东西早晨刚换上,挺干净,真的。"露西开玩笑地想给脱下来。两人在浴室地板上争来夺去,露西尖声大笑着,奥伯恩很兴奋,但态度很坚决。

最后,露西穿上睡裙走了。奥伯恩听见她到了厨房。他坐在浴水中,把那些鲜绿的污迹都洗掉了。露西回来时,他的裤子正在暖气片上烘着。"妇女解放运动,对吧?"奥伯恩在浴缸里说。露西答道:"我也要进来。"她脱了睡裙。奥伯恩给她腾出空地来。"请自便,"露西在浑浊的水里坐定时,他面带一丝微笑说。

奥伯恩在干净洁白的床单上躺下,露西像只窝巢的大

20

鸟,舒服地依偎在奥伯恩的肚子上。她不想有别的方式,从开始她就说,"我掌控。"奥伯恩回答说:"我们不妨走着瞧。"他感到恐惧、恶心,自己居然会享受那种被击溃征服的感觉,像哥哥杂志上的某个残疾人那样。露西用对付难缠病人的那种声调轻快地说:"如果你不喜欢这样,就别再来。"奥伯恩不知不觉间被带进露西的欲望中。她绝不仅仅是想蹲在奥伯恩的身上,还不想让奥伯恩动弹。"如果你再动,"她又警告了一次,"自己看着办。"完全出于习惯,奥伯恩往上一挺,深入进去,露西伸出手掌,像蛇吐信子般飞快地朝他脸上抽了好几下。刹那间,她高潮了,然后横躺在床上,边啜泣边大笑。奥伯恩半边脸又肿又红,懊恼地走了。"你真是个可怕的大变态。"他在门口大声喊着。

第二天,奥伯恩又来了,露西答应不再揍他。可是她又开始谩骂奥伯恩。"你这可怜不中用的小烂人。"在兴奋的高潮中,她会大声尖叫。她似乎感觉到奥伯恩快活中带着几许内疚的刺激,想推波助澜。有一回,她忽然彻底从奥伯恩的身上抬起,带着漫不经心的微笑,朝他的脑袋和胸脯上撒起尿来。奥伯恩拼命想摆脱,可是露西摁住他,仿佛从他突如其来的极度亢奋中获得了深深的满足。这次奥伯恩怒不可遏地离开公寓。露西身上那股强烈的化学味儿跟着他盘桓了好几天。这期间,奥伯恩遇到了波琳。可是,那星期,他回露西的住处,却强调说要收拾剃须刀,露西劝他试试自己的内衣。奥伯恩既恐惧又兴奋地拒绝了。"你的麻烦就在于,"露西说,"对自己喜欢的东西怕得要命。"

这时,露西腾出一只手抓住他的喉咙。"你敢动,"她轻声说,然后闭上眼睛。奥伯恩一动不动地躺在那里。露西在他身上像棵大树般左摇右晃的。她的嘴唇在组织着某个单词,可是却听不到声音。不知过了多久,露西睁开眼睛,朝下面盯着,紧皱眉头,好像要使劲把他摆放好了。整个这段时间,她都前前后后往舒服里调整着自己。终于,她说话了,更像是自言自语而不是对奥伯恩说:"可怜虫……"奥伯恩呻吟着。露西的小腿和大腿夹得紧紧的,颤抖不已。"可怜虫……可怜虫……你这条小可怜虫。我要踩在你这个肮脏的小可怜虫上。"她的手再次握住奥伯恩的喉咙。奥伯恩双眼深陷,好半天那句话才从唇间溜出来。"好吧,"他咕哝着说。

第二天,奥伯恩就去了诊所。医生和男助手没有大惊小怪,觉得没什么。助手填了张表格,询问了些他近来的性生活情况。奥伯恩编造了一个在伊普斯维奇汽车站碰到妓女的故事。从那以后好多天,他对谁都没说过。早晨和晚上去诊所打针,他的欲望也减弱了。波琳或者露西打来电话,哈罗德就说他也不知道奥伯恩去哪儿了。"可能去什么地方休假了吧,"他说,然后冲着弟弟挤眼睛。两个女人每天都打电话,这样打了有三四天,然后,忽然,谁也不来电话了。

奥伯恩没有在意。书店现在挺赚钱的。晚上他经常跟哥哥和哥哥的朋友们喝酒。他感觉既忙碌又病恹恹的。十天过去了。奥伯恩用哈罗德额外给他的钱买了件皮夹克。很像哈罗德的那件,不过要更好、更利落,带着仿丝的红色衬里。既闪闪发光又吱吱作响。他在那面鱼眼镜子前待了好久,侧身站着,欣赏着自己的肩膀和二头肌把皮子撑得紧致闪亮的样子。在书店里和去诊所的途中,他穿着夹克,能感觉到街上女人瞥来的目光。他想起波琳和露西。他考虑了一天,不知道先给谁打电话。他选择了波琳,就在店里给她打了。

见习护士谢泼德不在,等了好长时间后,奥伯恩才被告知。她在参加一个考试。奥伯恩把电话转到医院的其他部门。"嗨,"露西拿起电话时,他说了声,"嗨,是我。"露西很开心。"你啥时候回来的? 去哪儿了? 什么时候过来?"奥伯恩坐了下来。"今天晚上怎么样?"露西像叫春的猫般低声说了句法语。"我都等不及了……"奥伯恩大声笑了。他把拇指和食指压在前额上,听着电话线里其他遥远的声音。听到露西在吩咐着什么指示。接着她匆匆忙忙地对奥伯恩说:"我要走了,他们刚收了个病号,那么就晚上八点左右吧……"说完就走了。

奥伯恩早已准备好了说辞,可露西没问他去哪儿了。她太高兴了,给奥伯恩开门时笑声爽朗,还拥抱了奥伯恩。她看上去有点变样儿了。奥伯恩想不起她居然这么漂亮。头发短了许多,而且染成更深的褐色。指甲呈淡淡的橙色,穿了件点缀着橘黄色圆点的黑色短裙。餐桌上摆着蜡烛、葡萄酒杯,录音机里放着音乐。她往后站了站,眼睛亮闪闪的,几乎有些野性,欣赏着他的皮夹克。她伸手沿着红色衬里往上摩挲着。她把身子贴在上面。"非常光滑,"她说。"打完折六十镑,"奥伯恩自豪地说,然后想去吻她。可是露西却哈哈大笑,把他推到椅子里。"你在这儿等着,我去拿点喝的东西。"

奥伯恩向后仰躺着。录音机里一个男人在唱着爱情歌曲,像是发生在铺着洁白桌布的酒店里。露西拿来一瓶冰镇白葡萄酒。她坐在椅子扶手上,两人边喝边聊。露西给他讲了些最近病房里发生的事,热恋和失恋的护士们的事,康复和死亡的病人们的事。她讲这些的时候,顺便解开他衬衫上面的纽扣,同时把手一直伸到他的肚子上。奥伯恩在椅子里转过身去够她的时候,她又推开,俯身去吻他的鼻尖。"好了,好了,"她一本正经地说。奥伯恩也极力发挥。他讲了不少酒吧里听来的逸闻趣事。每个故事听到结尾时,她都会疯狂大笑。奥伯恩开始讲第三个故事的时候,露西又让自己的手轻轻落在他的大腿中间,停在那里不动了。奥伯恩闭上眼睛。那只手离开后,露西轻轻捣了捣他。"继续讲啊,"她说。"越来越有意思了。"奥伯恩抓住露西的手腕,想把她拽到自己的腿上。她轻轻叹了口气,又溜开了,回来时拿着第二瓶酒。"我们应该常喝葡萄酒,"她说,"如果喝酒能让你讲出这么有意思的故事的话。"

受到怂恿后,奥伯恩讲了这个故事,是关于一部小车以

25

及一个机修工对教区牧师说的话。露西又开始在他的裤子拉链附近摸索,而且还笑个不停。这个故事要比他想的有意思。地板在脚下起伏不定。露西太漂亮了,香喷喷的,又那么温暖……她的眼睛熠熠发光。奥伯恩已经被她挑逗得动不了了。他爱露西,可露西却总是笑个不停,连他的意志都夺取了。现在,他看明白了,他过来跟露西一起住,每天晚上都能把她逗到疯狂的边缘。奥伯恩把脸贴在她的胸脯里。"我爱你,"他喃喃地说,露西又放声大笑,浑身抖个不停,擦掉眼里流出的泪水。"你是……你是……"她一直想说话。露西把瓶里的酒清空了全倒进他的杯子里。"来干上一杯……""好的,"奥伯恩说,"为了我们。"露西忍住笑声。"不不,"她尖叫着说。"为了你。""好吧,"奥伯恩说,然后一饮而尽。这时露西站在他面前,拽着他的胳臂。"来吧,"她说,"来吧。"奥伯恩使劲从椅子里站起来。"去吃晚饭怎么样?"他说。"你就是晚饭,"露西说。他们咯咯地笑着,步履蹒跚地朝卧室走去。

两人开始脱衣服的时候,露西说:"我要给你一个特别的小小的意外惊喜,所以……别大惊小怪的。"奥伯恩在露西那张大床的边沿坐下,身子不停地抖着。"我一切都准备好了,"露西说。"好吧……好吧,"她第一次深深地吻着奥伯恩,轻轻地把他推到床上。她向前爬了上去,斜跨在他的胸膛上。奥伯恩闭上眼睛。几个月前,他还疯狂抵抗呢。露西抓起他的左手,放进自己嘴里,吻遍每根指头。"嗯……这是第一道菜。"奥伯恩大笑起来。床和房间在他周围轻轻地起伏着。露西把他的手推到床的顶角。奥伯恩听到一声遥远的叮当声,像铃铛。露西跪在他的肩膀旁边,摁住他的手腕,用一根皮带扣住。她经常说,总有一天要捆起来操他。露西弯着身子,俯视着他的脸。他们又开始亲吻起来。露西舔着他的眼睛,轻轻呻吟着,"你什么地方都别想去了。"奥伯恩大张着嘴想呼吸。他没法动一动脸弄出点笑容。这时她又扯他的右臂,紧紧拉着,拉到床上最远的那个角上。随着一阵可怕的逆来顺受的刺激感,奥伯恩感觉自己的胳臂没法动了。固定好了后,露西开始双手沿着他的大腿内侧摸索,一直向下摸到他的脚……他被固定在四个床角,贴着白色床单,四仰八叉地躺着,整个身体快要断了,裂了。露西跪在他双腿的最顶头,面带一丝若有若无、毫无感情的微笑,用手指轻轻地抚弄着自己那地方,同时朝下望着他。奥伯恩躺在那里,等待她像只窝巢的大白鸟般落在自己身上。她用指尖顺着他兴奋部位的轮廓探索着,接着用拇指和食指在那东西的底部紧紧围了个圈。奥伯恩的唇齿间掠过一声叹息。露西朝前倾斜过来。她的双眼带着股疯狂劲儿,小声说:"我们要做了你,我和波琳要……"

波琳。刹那间,这个词只是些意义空洞的音节。"什么?"奥伯恩说,他吐出这个词时才想起什么,明白某种威胁即将来临。"放开我,"他焦急地说。可是露西的手指在裆部蜷起来,半闭着眼睛。她的呼吸缓慢而深沉。"放开我,"奥伯恩大声喊叫着,绝望地拉扯着皮带挣扎不已。这时露西开始微微喘着气。奥伯恩挣扎得越厉害,她喘息的速度更快。她嘴里在说着什么……呻吟着什么。她在说什么呢? 奥伯恩听不清楚。"露西,"他说,"请放开我。"忽然她不说话了,眼睛睁得老大,清清楚楚的。她从床上爬下来。"你的朋友波琳就要来了,很快,"她说,开始穿衣服。她有些不一样了,动作敏捷又很利落,不再盯着他看了。奥伯恩说话的时候尽量装出无所谓的样子。他的声音略微有些高:"怎么回事?"露西站在床脚,系着衣服纽扣。她撇了下嘴唇。"你这个杂种!"她说。门铃响了,她笑了。"来得正当时,对吧?"

　　"没错,他服服帖帖的,"露西把波琳带进卧室时说。波琳什么话都没说。她尽量谁都不看。可是奥伯恩的眼睛盯着她手里提着的东西。那东西很大,是银色的,像个特大号的面包电烤箱。"把它插这儿就行了,"露西说。波琳把那东西放在床头桌上。露西坐在梳妆台前,梳起头发来。"我马上给它加点水。"她说。

　　波琳走过去站在窗边。沉默了片刻。接着奥伯恩嗓子沙哑地说:"那是什么东西?"露西从坐的地方转过身。"是个消毒器,"她轻松地说。"消毒器?""你知道,给外科手术器械消毒的东西。"接下来的问题奥伯恩没敢问。他感觉恶心和眩晕起来。露西离开房间。波琳继续盯着窗外的黑暗。奥伯恩感觉有必要轻声说点什么了。"嗨,波琳,怎么回事?"她转过身面对着奥伯恩,什么话也没说。奥伯恩发现捆住自己右手腕的皮带略微有些松动,皮子拉长了。他的手被枕头遮住。他前后挣扎着,急迫地说:"瞧,咱们离开这儿吧。把这些玩意儿松开。"

　　波琳稍微犹豫了下,然后绕到床边,朝下盯着他看了看。波琳摇了摇头。"我们打算做了你。"这句话再次重复出来,吓得奥伯恩毛骨悚然。他来回剧烈地扭动着。"我可不觉得这是他妈的在开玩笑,"奥伯恩大喊着。波琳转身走开。"我恨你。"他听到波琳说。右手的皮带又松了些。"我恨你。我恨你。"他扯着手,最后都觉得胳臂会断掉。相对绕在腕子上的套索,他的手还嫌太大了。奥伯恩放弃了。

这时露西在床边给那个消毒器里灌着水。"这个玩笑太恶心了,"奥伯恩说。露西把一个扁平的黑箱子拎起来放在桌上。她啪地一下打开箱子,开始从里面拿出长柄剪刀、手术刀和其他几件闪亮、锥形的白色器械。她小心地把这些东西放进水里。奥伯恩又开始活动起右手来。露西拿开那只黑箱子,把两只带蓝边的白色肾形碗放到桌上。她在一只碗里放了两支皮下注射针头,一大一小。在另外一只碗里放了些药棉。奥伯恩的声音开始颤抖了。"这是要干什么啊?"露西把冰凉的手放在他的前额上。她明明白白地说:"这本来是诊所里给你做的事儿。""诊所⋯⋯?"奥伯恩应声说。他看到这时波琳靠住墙对着酒瓶喝着苏格兰威士忌。"没错,"露西说,伸手去按他的脉搏。"制止你继续传播那小小的秘密疾病。""还有撒谎的毛病。"波琳说,她的声音愤怒得紧张起来。

奥伯恩失控地大笑起来。"撒谎……撒谎,"他语无伦次地说。露西从波琳手中接过威士忌,举到自己的唇边。奥伯恩恢复了平静。他的双腿抖个不停。"你们都疯了。"露西叩着消毒器,对波琳说,"还得几分钟。我们弄到厨房里去擦洗。"奥伯恩使劲想抬起头。"你们要去哪儿?"他在两人后面喊叫着。"波琳……波琳。"

可是波琳已经没有好说的了。露西在卧室门口站住,冲他笑着说:"我们会给你留截漂亮的小残茬,好让你记住我们。"说完就关上门。

床头桌上,消毒器开始嘶嘶地叫起来。烧开的水很快就发出低低的嘟嘟声,里面的器械碰在一起发出轻轻的叮当声。奥伯恩恐惧得手一个劲抽搐着。皮带蹭掉了手腕上的皮。套索已经绕在他的拇指根上。漫长的几分钟过去了。他抽泣着,使劲扯着,皮带的边沿深深地勒进手里。他快要挣脱了。

门开了,露西和波琳抬着一张小矮桌进来。在极度的恐惧中,奥伯恩再次感到兴奋起来,那是恐惧的兴奋。她们把桌子摆到床前。露西弯着身子观察着他勃起的样子。

"哦,天呐……哦,天呐……"她咕哝着说。波琳用镊子从滚烫的水里夹起器械,放在她铺在桌面的浆洗过的洁白的台布上,整整齐齐摆成好几行银白色。皮套索一点点向前滑脱。露西坐在床沿,从碗里取出那根大的注射针。"这个会让你稍微有些犯困。"她提前声明。她垂直地举起针管,推出一小点液体。她伸手去拿药棉时,奥伯恩的胳臂挣脱了皮带。露西笑了笑。她把针管放到一边,再次向前俯下身子……温暖,香喷喷……她用那双疯狂的红眼睛死死盯着奥伯恩……手指在他的顶头上逗弄着……用手指夹着不让他动弹。"躺回去,迈克尔,我亲爱的宝贝。"她迅速向波琳点了点头。"如果你把那皮带扣结实了,谢泼德护士,我想咱们就可以开始了。"

一只豢养猿猴的沉思

经常吃芦笋的人都熟悉它带给小便的那种气味。这气味经常被描述成像某种爬虫类的东西，有时被说成是让人讨厌的无机的恶臭，有时又被说成带着某种刺鼻的女性味儿……很刺激。显然，它让人想起那些怪异动物之间发生的性行为，它们或许来自遥远的异国他乡，来自别的星球。这种超凡脱俗的气味对诗人来说可以成为某种素材，不过我要强烈提醒他们，要正视自己的责任。所有这些……不过是场序幕，当幕布揭开的时候，你会发现，我在厨房边上一个热得过头的小盥洗室里站着，撒着尿，沉思着什么。充斥在我视野的那三面墙都被涂成鲜亮、甜腻的红色，那还是萨丽·克里关心这号事情的时候粉刷的，那段已然遥远而且非凡的乐观主义时期。那顿完全在沉默中吃完、我刚刚起身离开的饭食，里面有很多东西，包括各种罐头食品、压

33

缩肉、土豆和芦笋,端上来的时候房间还属于常温。是萨丽·克里打开罐头,把里面的东西倒在纸盘上的。这会儿,我正在我的卫生间磨蹭着,洗着手,然后爬上水池查看自己照在镜子里的脸,同时打着呵欠。我理该被人忽视吗?

我发现萨丽·克里还是老样子,跟我离开她时差不多。她在自己的餐室里,在那团发霉的阳光里,玩弄着那些用过的旧火柴。我们曾经是情人,几乎就像男人和老婆那样生活着,但比大部分夫妻要快乐很多。后来,她对我的好多方面都厌烦了,而我每天却以自己的固执让她的不悦变本加厉,现在我们住在各自不同的房间。我走进屋子的时候,萨丽·克里都没抬头看一眼,我待在她和我的椅子之间,犹犹豫豫,那盘子和罐头就摆在我的面前。也许我稍微有点儿矮胖,别人不太当回事,而我的胳膊又太长了些。我伸出胳膊温柔地抚弄着萨丽·克里闪闪发亮的黑头发。我感觉到了她头发下面颅骨的温暖,这让我怦然心动,如此鲜活,如此悲伤。

你可能听说过萨丽·克里。两年半前她发表了一部短长篇,成功过一时。小说描写了一个年轻女人多次尝试想要个小孩,却痛苦地失败了。从医学上似乎看不出她有什

34

么毛病,她丈夫和兄弟都没问题。用《泰晤士报文学副刊》的话说,那是一个讲述得"苍白刻意"的故事。其他严肃评论都不怎么客气,不过第一年它就卖出了三万册精装本,而且迄今为止已经卖出二十五万册简装本。就算你没读过这本书,你在地铁站买晨报的时候,大概也见过简装本的封面。一个赤身裸体的女人,脸埋在双手中,跪在一片光秃秃的沙漠里。从那以后,萨丽·克里就没有写出过任何东西。连续好几个月,她天天都坐在打字机旁,就那么等待着。可是每天结束的时候,忽然忙乱那么一阵后,她的打字机就寂静无声了。她都想不起自己是怎么写第一部书的了,她不敢偏离自己熟悉的事物,她不敢自我重复。她有钱、有时间和一幢舒适的房子,待在这幢房子里,她身心疲惫,感到厌倦而且茫然无措,就那么等待着。

我的手从萨丽·克里的头上抚过时,她把自己的手按在我的手上,既没阻止也没流露出温柔——她的头依然低垂着,我看不见她的脸。不知道为什么,我妥协了,然后握住她的手,几秒钟过后,我们的手都软软地垂到自己身侧。我什么都没说,而是像十足的好朋友那样,开始收拾盘子和刀叉、罐头和起子。为了让萨丽·克里放心,表示对她的沉默一点儿不恼怒，也不生气，我兴高采烈地从牙缝里吹起《莉莉布勒罗》，完全是斯特恩的托比叔叔在艰难时代的风范。

绝对是这样。我在厨房里堆着盘子，闷闷不乐，简直到了忘吹口哨的程度。尽管情绪很消极，我还是开始准备咖啡。萨丽·克里要喝不少于四种不同类型的咖啡豆做的混合饮料，想跟巴尔扎克决个高低。在处理第一部小说校样期间，她在一本插图泛滥的书里读到过巴尔扎克的生平。我们总管那本书叫她的第一部小说。豆子必须要精心地称量好了，而且要用手磨——这种活儿跟我的体力很般配。我猜想，萨丽·克里私下相信，好的咖啡是作家创作活动的本质。瞧瞧巴尔扎克(我想，她这是自言自语)，写了几千本小说，他的咖啡账单在那些安静的郊区博物馆的玻璃柜中，向善良的景仰者们展示着。磨成粉后我还要加点儿盐，把混合品倒进一个从格雷诺布尔邮寄来的、小巧结实的不锈钢器具的银色洞孔里。趁着在炉子上加热的工夫，我从餐室的门后偷偷观察着萨丽·克里。这时候她已经抱起双臂，放在前面的桌子上。我往那个房间里面走进几步，希望能引起她的关注。

也许从最初开始,这样的组合就注定要失败。话说回来,它提供的快感——特别是对萨丽而言,太不同凡响了。尽管她认为,我对待她的行为举止有些太固执、太狂躁、太"热切",而我依然觉得她对我的陌生家伙("好玩的黑色皮革般的小阴茎"和"你那像败茶般的唾液的味道")比对我本色更加兴趣盎然,但我认为这两个方面都没有多少太深的遗憾。正如萨丽·克里第一部小说的女主人公莫伊拉·西利托在她丈夫葬礼上对自己说的那样,"一切都会变"。那位文静又武断、最终很悲惨的莫伊拉故意错引了叶芝的诗吗? 所以,今天下午我从萨丽·克里那宽敞的卧室里把不多的几件私人物品拿到屋顶自己的小房间时,我希望不要有什么长久的遗憾。没错,我宁愿爬楼梯,我一声都没嘟囔就离开了。事实上,(我为什么要否认这点呢?)我是被解雇了,可是我有自己离开被窝的理由。这种连带关系,由于它所特有的各种欢乐,让我深深地卷入萨丽·克里的创作困境中,只是最后那次毫无恶意的窥淫癖行为说明我陷入得有多么深。艺术酝酿的过程是件很私密的事,而我去靠近,无论过去还是现在或许仍然都是很可恶的。萨丽·克里的目光完全离开了桌子,而且跟我的目光对视了好长一刻钟。

她用头微微做了个肯定的动作,示意她准备要喝咖啡了。

萨丽和我在"心照不宣的沉默中"抿着各自的咖啡。这至少是莫伊拉和她的丈夫丹尼尔,当地一个瓶装饮料厂冉冉上升的年轻执行经理,小口喝着他们的茶,咀嚼思索着那件事儿的方式:没有医学上的原因,为什么他俩却生不出个孩子来。当天的晚些时候,他们决定再试(我想,这个词儿听着不错)一次,要个孩子。就个人而言,小口抿是我特别擅长的事,但沉默不语,无论什么情况,都让我觉得不舒服。我把杯子举到离脸几英寸远的地方,朝杯子边沿把嘴唇凑过去,嘴噘成媚人的尖锥形。与此同时,我朝里头翻着眼睛。有那么段时间——我记得特别是第一次的时候——整个表演逗得萨丽·克里不怎么灵活的嘴唇露出一丝笑意。现在我施展得很不自然,当眼球再次向外看出去,面对这个世界的时候,我看不到笑容了,只看见萨丽·克里那苍白、光滑无毛的手指叩击着餐桌锃亮的表面。她往自己的杯子里又添了些咖啡,然后起身离开房间,留下我听着她上楼的脚步声。

尽管我人还在楼下,可心寸步不离伴随着她——我说过,我的亲近挺让人恶心的。她走上楼梯,进了自己的卧室,在自己的桌边坐下。从我坐着的地方,我听到她往打字机里塞进去一张纸,那种每平方米 61 克重、灰白色的 A4 纸,跟她毫不费力地写出自己第一部小说用的纸完全一样。她喜欢把打字机设定在隔行打字的状态。只有给她的朋友、代理人和出版商的信,才是单行打印的。她利落地敲击着那个红色键,当它周围有字的时候,那只红色键会在第一个句子的前面留出一块干净、灰色的空白。屋子里笼罩着一种可怕的寂静,我开始在自己的椅子里拧着身子,喉咙里无意识地跳出一声响亮的尖叫。有两年半的时间,萨丽·克里与之搏斗的不是文字、句子,不是思想,而是形式,或者毋宁说是写作手法。比如,她会用一个短篇小说打破沉默,以淡淡的优雅和全局的掌控力专事研究某一个单纯的想法吗? 然而是什么单纯的想法,什么句子,什么语词? 何况,好的短篇小说是出了名的难写,也许比长篇小说更难写,而平庸的故事又到处都是。也许,到时又是一部关于莫伊拉·西利托的小说。萨丽·克里闭上眼睛,紧紧盯住自己的女主人公,发现她知道的所有关于这个女人的事都已经写过了。不行,第二部小说一定要跟第一部毫无关系。来一部长篇小说,背景(我试探性地建议)设在南美的热带雨林中怎么样？多么荒唐！那该怎么办呢？莫伊拉·西利托从空白的纸页上抬起头凝视着萨丽·克里。她一个劲儿地说，写我吧。可是我不能写，萨丽·克里大声喊道，我对你的了解就这么多。拜托了，莫伊拉说。让我清静会儿，萨丽·克里喊叫的声音比刚才还要大。写我，写我，莫伊拉说。不，不，萨丽·克里厉声说，我什么都不知道，我讨厌你。让我清静会儿！

　　萨丽·克里的声声喊叫刺破了好几个钟头以来紧张的寂静，迫使我站起来，双脚颤抖不已。什么时候我才能让自己适应这些可怕的声音，它们弄得连空气都紧张得弯曲和变形了。稍微平静些回忆的时候，我会想起爱德华·蒙克著名的木刻，但是这会儿我在餐厅里惊恐地走来跑去，无法抑制住那躁动不安的尖叫声，那声音完全是我在惊恐或者兴奋时刻发出的，在萨丽·克里的耳朵听来，降低了我的浪漫的可信度。而且，晚上，当萨丽·克里在熟睡中大喊大叫的时候，我自己那可怜的尖叫声让我无奈得不胜凄凉，无法给人以慰藉。莫伊拉同样会做噩梦，如萨丽·克里在第一部小说第一行中用那种冷冰冰的简约风格所营造的氛围："那天夜里，当苍白虚弱的莫伊拉·西利托尖叫着从床上起来……"《约克郡邮报》是注意到这个开头的为数不多的几家报纸之一，不过，遗憾的是，发现它"用力太过了"。莫伊拉当然有一个丈夫来安抚她，在第二页结束的地方，她"像个孩子般在那个年轻人坚强的怀抱中睡着"。女权主义杂志《桀骜女孩》在一篇令人吃惊的评论中引用了这一行，试图证明，"小"和小说"陈腐的性歧视"都是多余的。然而，我觉得那行文字非常生动，特别是用它来描述我渴望在死寂的深夜带给这个句子的创造者特别的慰藉时，更为如此。

　　一把椅子的刮擦声让我变得安静下来。萨丽·克里这会儿要下楼去厨房往杯子里加点凉的黑咖啡，然后再回到自己的书桌旁。我爬进那把躺椅，把自己摆出猴子那种全神贯注的样子，以防她朝里面看进来。今晚，她直接走了过去，身影迅速从宽敞的门道闪过，她的杯子在碟子里咔嗒咔嗒碰撞着，声音刺耳，这表明她心绪烦躁不宁。又上楼了，我听到她从打字机里把那张纸取出来，又换了张新纸。她叹了口气，摁了下那个红色键，把落在眼前的头发撩开，开始以每分钟四十个单词稳定高效的速度打起字来。屋里弥漫着音乐。我在躺椅里展开四肢，接着飘然进入晚餐后的睡眠中。

　　在萨丽·克里卧室短暂留宿的那段时间,我已经让自己习惯了她那例行公事般的折磨了。我躺在她的床上,她坐在书桌旁,分别以各自的方式无所事事地待着。我感到心醉神迷,无时无刻不在庆幸自己最近从宠物上升到了情人。我挺直身子躺着,蜷起两臂放在脑袋后面,交叉着双腿,推测着更高级别的晋升,从情人升到丈夫。没错,我看到自己手握昂贵的钢笔,为我漂亮的妻子签署雇佣买卖的协议。我要教自己学习捉笔。我会成为顾家的男人,以疼爱妻子的那种轻松自在,爬上排水管道去检查屋顶的水槽,把自己悬在电灯装置上,去重新装饰天花板。晚上,带着我作为丈夫的证件到小酒馆去结识新朋友,为自己编造一个名字,好馈赠给妻子,待在家里时穿上拖鞋,在室外甚至会穿上袜子和鞋子。对于遗传学上的规矩和调节机制,我知道得很少,无法去思索繁衍后代的可能性,但是我决心去咨询医学权威,反过来他们会让萨丽·克里了解自己的命运。这会儿,她正坐在自己那面空白的纸页前,苍白得就像那位尖叫着要起来的莫伊拉·西利托,只是沉默不语,纹丝不动,正逐渐朝决定性的时刻逼近,那会让她站起来,促使她下楼去拿没有加热的咖啡。在最初那些日子里,她经常朝我投来紧张、鼓励的微笑,我们很开心。可我开始知道她沉默后面的痛苦时,我感同身受的尖叫——她总是这样旁敲侧击地说——让她更难专心致志,然后,也不再向我投来微笑了。

微笑停止了,因此,我的猜度也同样停止了。我不是那种,像你们可能会猜测的那样,喜欢找事对着干的人。最好把我想成那种只会从鸡蛋里吸蛋黄而不会伤着蛋壳的人,请记着我那娴熟的吸吮本领。除了我那傻里傻气的噪音,那主要是进化的原因而与个人无关,我什么都不说。有一天夜很深了,一种突如其来的直觉袭来,就在萨丽·克里离开浴室几分钟后,我慌里慌张地窜进去。我锁上门,站在浴缸边上,打开香喷喷的小柜橱,她在里面放着自己最隐秘的女人专用物品,这些东西证实了我已经知道的事。她那让人好奇的子宫帽依然放在塑料牡蛎中,落满了灰尘,让我有点儿不舒服。于是,在床上度过漫长的下午和傍晚后,我很快从推测转入怀旧状态。那互相探究的漫长序曲,她用圆珠笔数着我的牙齿,我在她那浓密的头发里徒劳地寻找着虱子。她对我那家伙的长度、颜色和质地游戏般地观察，我对她那惹人怜爱的没用的脚趾以及羞怯地藏起来的肛门迷恋不已。我们的第一"次"（莫伊拉·西利托的话）有点儿纠结，很大程度上是因为我误以为我们要进行一次后背式插入。那件事很快就解决了，我们采取了萨丽·克里独特的"面对面"体位。起初，当我试图向情人表达的时候，我发现这种办法需要大量的交流，有点儿太"智性"。不过，我很快把自己弄舒服了，而且不出两个下午，脑子里就想起来了：

> 我们眼中捕捉的画面，
> 无非都是我们的繁殖行为。

幸运的是，在这个阶段，这绝对不是全部。"恋爱的经历虽然很普通，但却难以言传。"这些情感是莫伊拉·西利托的小叔子给她传递的，他是一个大家族里唯一上过大学的人。我需要补充一句，尽管从中学时代读过的赞美诗中就已经熟悉了"难以言传"这个词，但莫伊拉并不懂它的含义。经过一阵合情的沉默后，她给自己找了个借口，跑到楼上的卧室里，在那儿从一本袖珍词典中找到那个词，然后又跑下楼,回到客厅,进门时惬意地说:"不,不是那样。恋爱就像是在云端飘浮。"像莫伊拉·西利托的小叔子一样,我也恋爱了,就像后来会出现的那样,很快,我的不知疲倦开始给萨丽·克里造成压力,不久,她开始抱怨说,我们肉体的摩擦让她身上出了很多疹子,而且我那"异样的种子"(异样的玉米粒,当时我白说了这句俏皮话)加速了她鹅口疮的恶化。这点以及我"在床上该死的胡言乱语"加速了这段恋情的终结,那是我平生最幸福的八天。明年四月我就两岁半了。

推测过后,怀旧过后,在转移到楼上那个房间之前,我抽了点余暇时间装模作样让自己想了想萨丽·克里创作困苦的若干问题。为什么经过漫长的一天,面对空白的稿纸一动不动,到晚上端着那杯没有加热的咖啡回到房间,然后又换上一张纸?她开始打字时如此流畅,以致每天只用一页纸,随后又把这页纸放在厚厚的一叠同样的纸张中,那又是怎么回事?为什么这种突如其来的行为并没有让她从默默的痛苦中解脱出来,为什么每天夜里从桌前站起,她依然很痛苦,失魂落魄地想着另一张空白纸?当然,键盘的声音对我来说是种解脱,我无一例外在最初的抚摸中就堕入感人的梦眠中。我没有独自在楼下晶莹的天光照耀着的躺椅里打过盹吧？有一次,我以动情为借口,不去睡觉而是悄无声息地爬到萨丽·克里的椅子上,瞥了眼那几句话:"如果情况是这样,整个事情可以考虑从……"趁着我的情人——那时她还跟平常一样——还没有温柔地吻我的耳朵,轻轻地把我朝床的方向推过去,我瞥到了那几句话。这个极其平庸的句子弄得我的好奇心无精打采,我只好奇了一两天。什么整个事情？什么整个事情可以从什么去考虑？几天后,那只塑料牡蛎不再露出橡胶珍珠,我开始觉得,作为被萨丽·克里抛弃的情人,我有权知道被我视为一本私人日记的东西里的内容。其间,好奇心和虚荣心调制成一种芳香剂,安抚着我那喜欢刺探的良心,我就像一个息影的演员,渴望看到一张赞许自己的海报,即便是一张跟所谓过去作品有关的海报也没关系。

萨丽·克里在她桌前坐着的时候,我已经舒舒服服地躺下,计划着她和我的未来,后来我躺在那儿,开始感觉懊悔起来。现在,随着我们之间的隔阂变得根深蒂固,我躺着等待。很晚了我都还醒着,就是想看着她拉开自己书桌上的一个抽屉,从里面取出一个褪了色的蓝色文件夹,然后从打字机上抽去那张打完的纸,倒扣着放在文件夹里,以确保(我是通过半闭着眼睛猜想的)最早放进的那些纸搁在上面。她合上文件夹又放回抽屉,再关上抽屉,然后站起来,眼睛由于精疲力竭和挫败而无精打采,下巴也很松弛,内心早就淡忘了那个已经变成间谍的情人,这时,他正在她的床上假装睡觉,悄无声息地做着自己的算计。虽然我的那些意图远远谈不上大公无私,但也不是纯粹自私。自然,我希望,借助获取和探视到萨丽·克里最私人的秘密和烦恼,我可以通过把自己的力量投放到她那精心挑选过的最隐蔽的脆弱之处,劝说她相信,瘙痒、鹅口疮和胡言乱语,是付给我那无边的爱恋的小小代价。另一方面,我并不是光想着自己。我头脑中反复想象着电影般虚构的情景,镜头呈现出我趁作者不在家的时候,专心阅读那本工作日志,呈现出萨丽·克里回来后我向她坦白自己微不足道的背叛,呈现出在她写完一部杰作、一部巨著并经历了一场宏大的、灾难性的精神旅程,可以喘口气之前,我以激情洋溢的拥抱祝贺她。萨丽·克里坐进我早就娴熟地给她备好的椅子里,眼睛睁得大大的,由于逐渐领悟了我说的那些事情的真相而闪闪发光;我们,现在拍摄的是紧凑的特写镜头,长时间地研读着那本日志,直到深夜,我在建议着,指导着,编辑着;那位出版商对这部手稿欣喜若狂的接受,评论界的态度比这个还要更胜一筹;接着是读者和购买大众更加痴狂;然后是萨丽·克里写作信心的焕发,这种焕发,通过我们共同合作的努力,也是相互理解和爱的焕发……是的,焕发,焕发,我的电影全跟焕发有关。

直到今天,机会终于不期而至。萨丽·克里得去趟城里找她的会计。为了让我那近乎歇斯底里的兴奋获得升华,我以极快的速度履行了体贴友好的服务。当她回到盥洗室在镜子前梳理头发时,我在屋子里寻找着汽车和火车时刻表,把它从盥洗室的门下面塞进去。我爬到衣帽架上,从最高的那个枝杈上摘下萨丽·克里的红丝巾,然后拿着跑到她跟前。可是,等她离开家后,我发现丝巾又回到原来的位置。难道我没把它交过去吗?当我从阁楼的窗户前看着已经到汽车站的她时,自己郁郁寡欢地寻思着,她很可能是想系着那条丝巾的。她搭的那辆汽车得好久才来呢(她应该查查时刻表啊),我看她绕着那根水泥电线杆踱着步,最后跟一个同样在等车、背着个孩子的女人搭起腔来,这幅景象隔着郊区的山形墙给我传递来一种渴望类属而产生的化学刺痛。我决定等着,直到看见汽车带走萨丽·克里。像莫伊拉·西利托在丈夫葬礼过后的那些天总在凝视着他兄弟的一张快照那样,我不愿显得迫不及待,哪怕是对我自己。汽车来了,人行道骤然明显空旷了。我被一种短暂的失落感弄得触景生情,从窗前转身离开。

萨丽·克里的书桌,是医院和动物园里中层管理人员用的那种不事张扬、标准普通的办公桌,它的基本材料是胶合板。设计本身很简洁。一个普通的写字面板,搭在两排平行的抽屉上,整体背靠固定在一块油漆过的木板上。我很早以前就注意到,那些打了字的纸张都归置到左边最上面的抽屉里。当我从阁楼上下来,发现抽屉是锁着的时候,最初的反应是生气而不是失望。都有了这么长时间的亲密关系,我还得不到她的信任吗?这就是一个物种以其傲慢对待另一个物种的态度吗?作为一种疏忽之侮,其他抽屉全都像嘲弄的舌头般抽了出来,而且亮出里面乏味的文具。面对这种对我们共同分享的过去的背叛(她还锁上了什么?冰箱?温室?),我感到,自己索取那个褪了色的蓝色文件夹是绝对正当的。我从厨房取来一把螺丝刀,动手把用来固定书桌的后面那块松脆的木板撬松。随着像鞭打般的咔嚓一声,一大块木板沿着一条脆弱的边线自行脱落下来,在原来的位置留下一个丑陋的矩形空洞。不过,我对外观并不在意。我把手伸到很深的里面,找着抽屉的后面,慢慢地把手指再往里伸进去,摸到文件夹后开始把它整个抬起来,尽量不要让前头的边角碰到钉子。我把里面的内容翻出来,那一大堆白色东西倒在裂成碎片的木板上,我本该为这次毫无瑕疵的盗窃行径庆贺自己的。可我却以某种连续的动作,用左脚尽其所能捡起更多的纸片放到右手,然后回到床上。

我闭上眼睛,像蹲在马桶上刹那间要把粪便憋在肠子里的人那样,使劲把这个瞬间保留住。为了将来回忆使用,我把全副精神集中在捕捉自己想要的东西的准确性上。我很清楚那个无所不在的定理,它早就注定想象和真实之间存在某种差异——我自己甚至都做好了失望的准备。我睁开眼睛的时候,一个数字横在眼前——54。第54页。从这个数字底下我看到半个句子,这个句子的起始在第53页上,这是个熟悉中透着不祥的句子:"戴夫说着,小心地用它擦了擦自己的嘴唇,然后揉成团放在自己的盘子里。"我把脸转过去冲着枕头,对萨丽种族的复杂性、成熟老练和我自己种族的粗野愚昧的可怕,感到恶心和震惊。"戴夫透过烛光热切地盯着他的嫂子和她的丈夫,自己的哥哥。他心平气和地说:'或许又有人觉得这里有一种强烈的女人气味(他瞥了眼莫伊拉)……很刺激。当然,这暗示着某种性行为……'"我把这页纸扔到一旁,又抓起另一页,第196页:"地上的雨溅起来击打着棺材盖,像刚开始下那样又突然停了。莫伊拉从人群中游离出来,漫步穿过墓地,不求甚解地读着石头上的铭文。她感觉心情甜美,就像看了场虽然压抑但最终结局却美好的电影。她在一棵紫杉树下站住,用自己橘黄色的指尖漫不经心地挑着树皮。她想,一切都在变。一只麻雀顶着寒冷,羽毛乱蓬蓬的,凄惨地跳到她的脚边。"没有一个短语、一个单词修改过,一切都没有改动。第230页:"'——在云上?'戴夫气恼地重复了遍。'这究竟是什么意思?莫伊拉注视的目光落在布哈拉地毯图案的一个瑕疵上,不发一言。戴夫穿过房间,抓住她的手。'我问你那个的时候,'他急促地说,'我的意思是,我有太多的东西要向你学习。你遭受了这么多苦。你知道的这么多。'莫伊拉挣脱自己的手,拿起那杯温热的淡茶。她有气无力地想:'为什么男人总是蔑视女人?'"

我没法再读下去了。我蹲在床柱上挠着自己的胸脯，听着楼下过道里那只钟沉闷的滴答声。那么，艺术什么都算不得，不过是某种想显得忙碌的愿望而已？不过是对寂寞和无聊感到恐惧吗？只有打字机的按键反复不停的咔嗒声才足以缓解那种恐惧吗？简而言之，构思完一部小说后，难道再写它一次，一页页精心打出来才会满足吗？（我阴郁地来回把虱子从身上拿到嘴里）在我内心深处，我知道这样会得到满足，而且，心里也明白，我知道的好像比过去知道的要少得多。其实明年四月我就两岁半了！我应该前天出生才对。

我终于开始收拾那些纸张，把它们放回文件夹时，天已经慢慢黑了。我干得挺麻利，四肢并用翻着纸页，促使我这样快快干完的动机，与其说是害怕萨丽·克里提前回家，不如说我隐隐约约希望通过把它们重新归置好了，就可以把这个下午从我的头脑中抹掉。我小心翼翼地把文件夹从书桌后面推进原来放的那个抽屉里。我用一个鞋跟砸着图钉把那块锯齿形的木片钉结实了。我又把碎木片从窗子扔出去，把桌子推过去靠住墙边。我在屋子正中蹲下来，膝关节几乎擦着地毯，质疑起头脑周围朦胧的暗色和绝对的寂静中可怕的嘶嘶声……这时,一切都是老样子,而且跟萨丽·克里想象的一样——打字机、钢笔、吸墨纸、仅有的一枝枯萎的黄水仙——我知道的还是我所知道的那些,可是却完全不理解。我只是毫无价值而已。我不想打开灯来照亮自己平生最快乐的八天的记忆。就这样,我在罕见的黑暗中向卧室摸索过去,直到我因为自怜而颤抖着把不多的几件自己的私人物品全都找到——发刷,指甲锉,不锈钢镜子和牙签。走到卧室门口时,我离开这间屋子永不回头的决心动摇了。我转过身,端详了一眼里面,可什么都看不见。我出来后轻轻关上门,刚把手放在阁楼狭窄的楼梯的第一级台阶,就听见萨丽·克里用钥匙抵住前门开锁时发出的刮擦声。

我从晚餐后的小睡中醒过来,四周是寂静。也许就是这种寂静,萨丽·克里的打字机突然停止,把我弄醒了。我的空咖啡杯把柄还在手指上挂着,听装食品黏黏糊糊的残余物粘在舌头上,因此,我睡着时嘴里流出来的一股口水把躺椅上的佩斯利涡纹图案都给弄脏了。睡觉毕竟什么都解决不了。我起来抓挠着,很想找到我的牙签(装在羚羊皮小

袋子里的鱼骨），可是这会儿它们放在房子的最高处,想拿
到它们,必须从萨丽·克里敞开的门前经过。可我干吗就
不该从她敞开的门前经过呢？为什么在这个家我就不该被
看见和当回事儿呢？我是隐身人吗？对我无声无息、低调
地挪到另一个房间,就不配得到个简单的认可,得到两个相
互了解彼此痛苦和失落的人之间会有的那种匆匆点个头、
叹口气和笑一笑吗？我发觉自己已经站在过道的钟表前,
望着短针的尖头指向十点。事实上,我没从她的门口经
过,因为被忽略而感到刺痛,因为我无形无迹,无关紧要。
因为我渴望从她的门口经过。我的目光瞥过去投向前门,
然后固定在那儿了。要离开,没错,重新获取我的独立和尊
严,准备出发去城市的环路,自己的几件东西紧贴着胸膛,
头顶上方高悬着数不清的星辰,耳边回响着夜莺的歌声。
萨丽·克里在我身后逐渐远去,她并不在乎我,不在乎,我
也不在乎她。我无忧无虑地慢跑着向橘黄色的黎明前进,
然后走进第二天,然后又走进下一个夜晚,跨河流,穿森林,
去寻找和发现新的爱人、新的支柱、新的角色和新的生活。
一种新的生活。这些字一个个在我的唇间显得格外沉重,
因为什么样的新生活会比旧生活更令人激动,什么样的新

角色比得过萨丽·克里这个前情人呢？没有什么未来堪与我们的过去相提并论。我转向楼梯,差不多瞬间就开始怀疑我能否说服自己相信对这种处境还有其他备选描述。今天下午,虽然被自己的无能踩蹒得无精打采,我还是装出最好的状态,这是为我们两个着想。烦恼了一天后回到家里的萨丽·克里,走进自己的房间后肯定会发现一些熟悉的东西丢失了,那时她一定会感觉到她唯一的抚慰者没有留下片言只语就从自己身边离去了。没有留下一个字！我的手脚已经到了楼梯的第四阶。受到伤害的必然是她,而不是我。在你的头脑中,除了沉默、看不见的东西,有什么解释呢？我承受的伤害已经超过了我应该承受的份额,而她却沉默不语,因为她在生闷气。是她渴望解释和安心。是她渴望得到尊崇、抚摸和在身上喘气。当然如此！我们默默地吃着饭时,我怎么会不明白这个？她需要我。我获得这个顿悟犹如登山者抵达一座处女峰,我有些气喘吁吁地走到萨丽敞开的门口,主要不是因为疲惫而是出于得意。

在书写灯光线的笼罩下,她背对我坐着,胳膊肘支在书桌上,窝起的双手放在下巴底下撑着脑袋。打字机里的那张纸上挤满了字。这时它应该被撤掉,平躺在那个蓝色文件夹里。站在萨丽·克里的正后方,我忽然想起最初还是婴孩时的一段鲜活记忆。我盯着背对我蹲着的母亲,然后,平生第一次越过她的肩膀,好像透过一片雾气蒙蒙的白色,看见许多幽灵似的人影在平板玻璃那边指着什么,无声地说着什么。我悄无声息地走上前,走进房间,在离萨丽·克里椅子后面几英尺远的地方蹲下来。此刻我来到这里,这似乎是个不可思议的想法:她会从椅子里转过来注意到我。

两断片：199 -年 3 月

星 期 六

    临近黎明时,亨利醒来了,可是并没有马上睁开眼睛。他仿佛看见一团晃眼的白色自动聚拢在眼前,那是刚刚做过的一场梦的余影,梦的内容已经回想不起来了。带胳臂带腿的黑色人影叠加其上,在空荡荡的天空的映衬下,像乌鸦般朝上飘起,然后又远去。他睁开眼睛,深蓝色的曙光弥漫在屋子里,他望着女儿的眼睛。女儿站着,离床很近,她的头正好与父亲的齐平。几只鸽子在窗台上咕咕噜噜叫着,走来走去。父女互相凝视着,谁都不说话。外面大街上的脚步声逐渐远去。亨利的眼睛眯成一条缝儿。玛丽的眼睛睁得更大了,她轻轻嚅动着嘴唇,纤小的身子在洁白的睡衣里颤抖着。她看着父亲飘然入梦。

她连忙说:"我长了个阴道。"

亨利挪了挪双腿,又醒过来。"是的,"他说。

"所以我是女的,对吗?"

亨利用胳膊肘支起身子。"快回床上去,玛丽。你会着凉的。"

她离床稍微远点,走到父亲够不着的地方,面对窗户站住,看着灰色的天光。"鸽子是男的还是女的?"

亨利仰面躺下,回答道:"有男有女。"

玛丽又朝鸽子传出声音的地方靠近些,仔细听着。

"女鸽子也有阴道吗?"

"是的。"

"在哪儿?"

"你想在哪儿?"

她想了想,又听了听,然后回头越过肩膀看着父亲:"在她们的羽毛下面吗?"

"是的。"

她高兴地大声笑了。灰蒙蒙的光线逐渐清亮起来。

"快到床上去!"亨利假装着急地催促。

玛丽向他走来。"我要到你床上来,亨利,"她要求说。

亨利给她让了块地方，又把被子扯过来。玛丽钻进去，亨利看着她入睡了。

过了一个小时，亨利从床上轻轻地溜下来，没有闹醒孩子。他在淋浴器下面冲了个澡，然后对着一面大镜子站了会儿，仔细打量着镜子里还在滴水的身体。仅从湿漉漉的灯照亮的那个侧面，让他第一次觉得自己身若雕塑，高大伟岸，会取得非同凡响的成就。

亨利匆匆穿好衣服。在厨房倒咖啡时，他听到公寓外面的楼梯上传来吵闹的喧哗和脚步声。他不由自主地朝窗外看出去。天开始下起细雨来，光线逐渐暗淡。亨利走进卧室，想从窗户朝外眺望。身后玛丽还在睡觉。天空乌云密布，怒气冲冲。

他所能看到的远处，街道两头挤满了准备收集雨水的人。他们正两人一组或者全家出动，展开防水帆布。天更黑了。人们把帆布横着铺在路面上，然后把帆布的端头扎到排水管和栅栏上。他们把水桶滚到大街中间，来收集帆布上的雨水。大家做着这一切活动的时候悄无声息，这是充满了嫉妒与竞争的悄无声息。跟平常一样，抢夺是经常发生的事儿。地盘有限。亨利家窗户底下，两个人影已经扭打在一起。乍看上去,很难弄清是什么人。很快他就看清了,一个是粗壮结实的女人,另一位是个二十出头的瘦弱小伙儿。他们像凶恶的螃蟹般钳住对方的脖颈,已经打到马路边了。大雨如注,人们根本不理睬两个斗殴者。他们的防水帆布在脚下堆了起来,那块有争议的地盘已经被别人占了。现在,他们完全是为自己的骄傲而战,只有几个孩子聚集在那里围观。他们滚到了地上。那个女人突然占了上风,用膝盖顶住小伙子的咽喉,把他压在地上不放。小伙子双腿徒劳地蹬着。一只小狗竖着粉红色的那玩意,在阴暗的晨光中显得非常耀眼,它跑过来投入战斗。小狗用前爪紧紧扣住小伙子的脑袋,像拉紧的弦索般抖着脊梁,不停地连根吐着舌头。孩子们大声笑着,把小狗拉开。

亨利刚从窗口回过身来,玛丽就从床上下来了。"你在干什么呀,亨利?"

"看雨,"他说着,抱起孩子走进卫生间。

上班要步行一个小时。他们穿越切尔西桥时途中停了一下,玛丽从她的婴儿车里爬出来,亨利高高地抱起她,让她看下面的泰晤士河。这已经成为某种日常仪式。她不声不响地看着,看够了就稍微拧一下身子。每天早晨,有上千人在朝同一方向行走。亨利很少认出朋友,就算认出了,也是一块儿默默地行走。

市政大楼矗立在一大片平坦的硬地上。婴儿车在绿色的草根上颠簸着。地基的石头开裂了,逐渐下陷。人类的废弃物在这片平地上堆得到处都是。腐烂后被踩倒在地的花草,压扁后当成床铺的硬纸盒,残余的灰烬,烘烤过的狗猫的遗骸,生锈的罐头盒,呕吐物,废轮胎,动物的粪便,应有尽有。地平线上布满那高耸的钢筋和玻璃的垂直立面,现在已是难以回想的旧梦。

喷泉上空被苍蝇遮蔽得灰蒙蒙的。男人和小孩们每天都上这儿来,蹲在宽阔的水泥边沿拉屎。远处,沿着广场的一条边,几百个男男女女还在酣睡着。他们裹着带竖纹、颜色鲜亮的毯子,这些毯子是白天用来圈划地摊的。人群中传来孩子的哭声,这声音随风而来。没有人动弹一下。"那小孩为什么哭啊?"玛丽突然大声问道,她的声音又被淹没在那片巨大、可怕的空间了。他们一路匆匆忙忙赶过来,已经迟到了。他们显得非常渺小,是这片广阔区域里惟一活动的身影。

61

为了节省时间,亨利抱起玛丽跑着踏上通往地下室的楼梯。没等他跨进对开的大门,有人就说:"我们希望他们能准时到。"他转过身,放下玛丽。儿童游乐园的头儿把手放在玛丽的脑袋上。她有六英尺多,显得瘦弱憔悴,双眼深陷,断断续续的血管游走在面颊上。她抿了抿嘴唇,踮了踮脚尖,然后再次开腔讲话了。"如果您不介意……这费用,看能否现在就结了?"亨利已经拖欠了三个月。他答应明天把钱带过来。她耸了耸肩,抓住玛丽的手。亨利看着她们穿过一道门,瞥见两个黑人孩子拼命团抱在一起。那声音非常尖厉,震耳欲聋,她们随手关上门,声音也死寂般被截断了。

　　三十分钟后,亨利开始打今天早上的第二封信,他已经不记得第一封信的内容。他的工作是负责把一些高官潦草的手书信件打出来。打到第十五封信的结尾时,他早已忘了信的开头,这时马上就要吃午饭了。他都懒得抬眼向上瞄瞄。他把那些信件拿到一个稍小些的办公室,交给那里的什么人,既不看这人的样子,也不在乎谁接的信。亨利回到自己的办公桌旁,午餐前,只有个把分钟的时间可供挥

62

霍。打字员干活的时候全都喜欢抽烟,空气里弥漫着浓烈的烟味儿,不光今天如此,过去千千万万个时日都如此,将来同样如此。好像没什么办法。亨利点上一支烟,就那么等待着。

他从十六楼下到地下室,加入一条家长的长队,大多数是母亲,她们趁午饭时间过来看看自家的孩子。这是条由哀求者组成的叽叽咕咕的长队。她们过来完全是出于需要,而非责任。母亲们互相柔声细语地讲着各自孩子的事儿,与此同时,队伍慢慢朝双开门方向移动着。每个孩子都得签了字才能领走。游乐园的头儿站在门边,只要她出现就意味着这里需要安静和秩序。家长们很听话,都签了字。玛丽在门那边等着,看见亨利后把两只握紧的拳头举过头顶,做了个天真烂漫的挥舞动作。亨利签过字,抓住她的手。

天空已经清澈爽朗,石板上散发出某种了无生气的温暖。辽阔的平地上到处都是人,就像群聚活动的蚂蚁。平地之上,蓝天挂着一弯镰刀般苍白的月亮,被天空映衬得格外清楚。玛丽爬进推车,亨利推着她穿过人群。

想出售点东西的人在这片开阔地上挤得满满当当,把货物铺在五颜六色的毯子上。一个上了年纪的女人在兜售用过的肥皂块,摆在鲜黄的毛毯上,像某种珍贵的奇石。玛丽挑了块大小形状很像鸡蛋的绿颜色的,亨利跟老太太讨价还价,最后以当初要价的一半成交。付钱拿肥皂的时候,老太太面露怒容恼色。玛丽惊恐地直往后缩。老太太笑了,然后伸手从袋子里掏出一件小礼物。可是玛丽回头爬到自己的推车里,不想拿。"走开,"她冲着老太太大喊道,"走开。"他们继续往前走。亨利朝开阔地某个偏僻的角落推过去,那里有片空地可以坐下来吃午饭。他绕着喷泉走了很大一圈,很多男人像脱了毛的鸟儿般栖息在喷泉边上。

他们坐在开阔地一侧的矮墙上吃起面包和奶酪来。下面分布着几幢荒废不用的政府大楼。亨利向玛丽问起儿童游乐园的情况。有传言说那里强行向孩子们灌输某种教条,不过他问的时候装作很随便的样子:"你今天玩什么了?"

玛丽激动地跟他讲起玩水的游戏,有个男孩还哭了,他老爱哭。亨利从口袋里取出一个吃的小玩意儿,凉凉的黄黄的,弯曲的样子很神秘,他把这东西放在玛丽手中。

"这是什么呀,亨利?"

"一根香蕉。你可以吃了它。"他教玛丽怎么把皮儿剥掉,告诉她在一个遥远的国度,香蕉成串地生长着,然后又问了句:"那位阿姨今天给你们讲故事了吗,玛丽?"

玛丽转过身,从矮墙上望过去。"讲了,"过了会儿她才说。

"讲什么故事了?"

她咯咯地笑了起来,"讲的是……香蕉……香蕉……香蕉。"他们开始往回走去部办公楼剩下的半英里路,玛丽自言自语地吟诵着今天学到的新词。

远远的前方,一群人围着什么有趣的东西在观看。有人从他们身边跑过去汇入其中,围着激烈的鼓点和一个男子形成一道圈儿。亨利和玛丽到达的时候,那道圈儿已经有十层厚了,男子的喊叫声都被闷住出不来了。亨利把玛丽举到肩膀上,往人群中挤进去点儿。大家从穿着看出他是政府工作人员,就无动于衷地站到一边。现在能看清楚了。场子正中间有一个敦实、黑色的油桶。地上铺了张兽皮,这个男子站在旁边,形体像头笨重的大熊,赤手空拳击着大桶。他身缠染成红色的长袍,状若大口袋,头发又红又

65

硬,长得快到腰上了;光裸的胳膊布满浓密的汗毛,犹如动物的软毛般纠结着。连他的眼睛都是红的。

胖男人没有喊叫什么具体的话。油桶每震动一下,他就发出一声深深的嚎叫。他紧紧盯着人群里的什么东西。顺着他的视线,亨利看见人群中传递着一只锈迹斑斑的巨大的饼干盒,里面硬币在叮当作响。接着,他看见人群中闪烁出一道暗淡的反射过来的阳光。那是一柄长剑,微微弯曲,带着装饰性的剑柄。众人伸出手抓住它想摸摸,以便确认质地。剑逆时针传递,与饼干盒相会了。玛丽揪着亨利的耳朵,要他解释。他继续往圈里挤着,直到挤进从里往外数的第二层。锡盒离他们很近。亨利感觉那人凶恶的红眼睛盯着他的女儿,就扔进去三枚小硬币。那人击着鼓,咆哮不已,盒子继续传递着。

玛丽在亨利的肩膀上抖个不停。他拍拍女儿裸露的膝盖以示安抚。那个男人突然张口说话了,吐出两个粗鲁的单音词。他的话语笨拙缓慢,含糊不清。亨利听懂了那两个单音的意思,同时第一次看到了那个姑娘。"不流血……不流血……不流血……"那姑娘远远地站在另一边,大约有十六岁的样子,腰以上裸露着,光着脚。她纹丝不动地站

66

着,双手垂在身边,两脚并拢,眼睛盯着前面几尺远的地上。她头发也是红色的,看着很漂亮,剪得很短。她腰上缠了块红布,脸色苍白,很容易让人联想到她自己就没有血。

这会儿,鼓点开始换上动脉跳动般的节奏,剑回到那男子手中。他握着剑高高地举过头顶,冲着人群怒目而视。有人把饼干盒从人群中递过去放在他面前。他朝里瞥了眼,摇了摇大脑袋。钱盒又回到人群中,鼓点的节奏越来越快了。"不流血,"男子喊道。"从她的肚子进去,后背出来,不流血。"盒子又出现在他手上,他再次表示不满。人们开始急了。站在后面的人挤进来往里面扔钱,那些给了钱的又冲着没给钱的大声嚷嚷。吵闹声不断,不过盒子里的钱越来越满。盒子第三次回到他手里时,终于被接受了,人们松了口气。鼓声随之停歇。

男子点了点头示意那姑娘——显然是他女儿——到圈子中间去。她站在油桶的旁边,鼓摆在她和父亲之间。亨利注意到她的腿颤抖不已。人群悄无声息,大家专注地看着,不想错过任何细节。小贩的叫卖声从平地的另一边传来,仿佛来自另一个世界。玛丽突然惊声尖叫起来,尖细的叫声充满惊惧："她要干吗啊?"亨利示意女儿安静。这时,父亲把剑交到女儿手中,目不转睛地盯着她。姑娘似乎显得很无助,不敢看别的任何地方,只是盯着父亲的脸。父亲在她耳边小声嘀咕了几句,她抬起剑锋,对准自己的肚子。父亲弯下腰,把盒子里的钱全部倒进搭在肩上的一个皮袋里。剑在女孩儿手中颤抖着,人们不耐烦地骚动起来。

亨利忽然觉得一股热乎乎的东西从脖子上流淌下来。玛丽尿裤子了。他拎起玛丽放在地上,就在此刻,在父亲的再三催促下,那女孩把剑头往肚子里扎了有半寸。玛丽愤怒地尖叫起来。她使劲儿用拳头击打亨利的大腿。"把我抱起来。"她抽泣着说。一块小硬币大小的鲜红色在阳光下显得十分耀眼,开始朝外绕着剑体冒出来。人群中有人在讥笑:"不流血!"巨人系紧长袍下面的皮袋。他把剑往前推,好像要拿它扎透自己的女儿。她倒在父亲的脚下,剑"哐啷"一下掉到地上。男子拾起剑来,向愤怒的人群挥舞。"蠢猪,"他大声喊着,"贪婪的蠢猪。"人们被激怒了,开始回骂。"骗子⋯⋯凶手⋯⋯他收了我们的钱⋯⋯"

不过大家还是有些害怕,因为他拉起女儿,拽着离开时,人们都四散开来为他让了条路。他在头顶挥舞着那把剑,"蠢猪"、"滚回去,你们这些蠢猪"这样的喊声不绝如缕。有人狠狠地朝他扔了块石头,正好砸在他的肩膀上。他迅速转过身,丢下女儿,像疯子般朝人群冲过去,大幅度凶狠地狂挥着剑。亨利抱起玛丽,跟着别人一起跑了。当他再次回过头张望时,发现那人不断催促着女儿,已经走出很远了。人们放了他,不再管那些钱了。亨利和玛丽往回走去,在原位找到推车。一个把手已经被人弄弯了。

那天晚上,在漫长的回家路上,玛丽安静地坐在车上,没提任何问题。亨利对孩子有点担心,可他累得够呛,没有太关心。走了最初的一英里路后,她就睡着了。穿越沃克斯豪桥时,他中途停下来,这次可是为自己而逗留。泰晤士河的水位比自己以前见的要低。有人说这条河总有一天会完全干涸,那些大桥将毫无用处地横跨过新鲜的草地。他抽着烟,在桥上逗留了十分钟。要相信一个说法真是太难了。很多人说自来水是慢性毒药。

回到家里,亨利点起屋里所有的蜡烛来驱除玛丽的恐惧。玛丽到哪儿都紧跟着他。亨利在煤油炉上做了条鱼,他们在卧室吃起来。他对玛丽说起她从未见过的大海,然后又给她读了篇故事,最后她在亨利的膝头上睡着了。他正要把玛丽抱上床时,她醒了,说:"那个阿姨拿剑想干吗?"

亨利说:"她要跳舞,她手里拿着剑要跳舞。"玛丽用清澈的蓝眼睛深深地凝视着亨利,他感觉孩子在怀疑,然后为自己的谎言感到后悔。

他一直工作到深夜。快到两点钟的时候,他走到自己卧室的窗前,把窗户打开。月亮已经沉落,乌云游过来,遮住了星星。他听到河边传来狗成群吠叫的声音。向北望去,他看到部办公楼前的平地上还有燃烧的火。他怀疑自己有生之年能否看到好多事情有很大的改变。身后,玛丽说着梦话,大声笑着。

星　期　日

我把玛丽交代给邻居,自己穿过伦敦步行到北边——有六英里远——去会一个老情人。我们很早以前就认识了,继续偶尔见面主要是为了追忆往昔而不是宣泄激情的需要。今天,我们做了很长时间的爱,遗憾的是并不成功。

之后,在一间阳光中弥漫着灰尘、塞满破塑料家具的房间里,我们聊起过去的事情。戴安低声抱怨着寂寞空虚和不祥感。她不知道该由哪个政府或者哪些虚幻的东西对此负责,不知道假如没有这些事情又会怎样。在政治上,戴安要比我老练成熟得多。"我们走着瞧吧,"我说,"现在就翻过身来,肚皮朝下。"她对我说起自己的新工作,在帮一个老人卖鱼。那人是她叔叔的朋友。她每天天刚亮就去河边,接迎他的渔船。他们把鳗和鱼装到马车上,再推到一个街道小市上去卖。老人在那里有个摊位。到了市场,老人就回家去睡觉,准备夜间继续干活儿。她留下来替老人卖鱼。黄昏时分,她把钱拿到老人家里,大概因为她人好又漂亮,老人坚持把收入平分了。她叙说这些的时候,我抚摸着她的脖颈和后背。"现在我闻着到处都是鱼腥味儿,"她哭了。我原以为那是别的情人留下的挥之不去的腥气——她有很多情人——不过我从不点明。她的担忧和抱怨跟我的没什么区别,然而——也许是理该这样讲,我只是说了些空洞而又没什么安慰作用的话。我的手指在她后背上重叠的赘肉里摩挲着。她叹了口气。我说:"那最起码还算是份工作。"

　　我从床上起来。在卫生间里,我冲着一面老旧的镜子

71

凝视着自己。我的皮囊贴着冰凉的浴缸边缘。性高潮,无论怎么迷乱,总会给人带来神清气爽的幻觉。一只虫子单调的嗡嗡声让我迷迷瞪瞪了好一会儿。我没吭声,戴安开始猜测,然后大声问道:"你那小姑娘怎么样?"

"挺好,很听话,"我说。不过,我却想起自己的生日,再过十天,就三十岁了,这又随之让我想起母亲。我弯着身子开始洗漱。两年前,借朋友之手,一封写在一张粗糙的粉红色纸上的信转交到我手里,信纸叠得严严实实,用一个旧信封装着。母亲提到肯特一个村庄的名字。她在田里干着活儿,有牛奶、奶酪、黄油,农场还给点儿肉。她对儿子和孙女表达了爱的思念。从那时起,每当神清气爽或者焦躁不安的时候——我分不清楚——我就盘算着带上玛丽离开这个城市,然后随即又放弃这样的计划。我算了算去母亲待的那个村子要走一个星期。可是每次我都找些借口把这个计划忘了。我甚至忘了这个计划在脑子里反复闪现,每次都好像刚刚才痛下决心。鲜奶,鸡蛋,奶酪……偶尔还有肉。然而,除了这个目标,让我激动兴奋的还是旅程本身。在浴缸里洗脚时,我又有了第一次做准备的奇异感觉。

回到卧室时,我的想法又变了——我制订这样的计划时总是如此——而且隐隐约约有些不耐烦,发现情况并没有改变。我跟戴安的衣服胡乱堆在家具上,灰尘、阳光和各种东西挤满整个房间。我离开卧室后戴安就没动弹。她仰面躺在床上,双腿叉开,右膝略微弯曲,手放在小肚子上,嘴巴有气无力,克制着被埋没的怨言。我们彼此没有让对方满足,却老老实实地说了会儿话。我们都是多愁善感的家伙。她笑着说:"你刚才在哼哼什么来着?"我把计划告诉了戴安,她说:"我还以为你要等玛丽再大点儿了走呢。"这时我想起那不过是我拖延的一个借口。"她已经够大了,"我坚持说。

戴安的床边摆了张小矮桌,铺着块厚厚的玻璃板,里面落了一层凝滞不动的烟尘。桌上放了部电话,电话线只截了四英寸长。电话那边靠墙摆着台电子管收音机。木壳、玻璃屏和控制按钮早就掉了,现在只有明亮的电线在暗淡的金属中曲里拐弯地套着。易碎物多得不胜枚举——花瓶、烟灰缸、玻璃碗,很有维多利亚遗风,或者戴安所谓的装饰艺术风格。我从来闹不清其间的区别。我们搜罗各种实用的物品,但是像在这个城市里仅有一小块属于自己的居所的其他很多人一样,戴安把东西堆得杂乱无章,毫不讲究功用。她迷信室内装饰要有风格。我们经常为这些东西争吵，有一次甚至吵得很尖刻。"我们以后再也做不出手工的东西了，"她说，"我们也不用工厂或者大规模制造这些东西。我们什么东西都不做，可我喜欢要么通过工匠之手，要么借助各种程序制作的东西。"（她指那部电话）"这都没关系，因为它们依然是体现人类创意和设计的产品。对物品的淡漠离对人的淡漠只有一步之遥。"

我说："收集这些东西，把它们摆放成这个样子等于自恋。没有电信系统，电话就是毫无价值的废物。"戴安比我大八岁，她坚持认为一个人只有自爱了才会爱别人或者接受别人的爱。我觉得这是陈词滥调，这场讨论以沉默告终。

天渐渐有些冷了。我们钻进被窝，我带着我的计划和干净的双脚，她带着她的鱼腥。"关键是，"我说，针对玛丽的年龄，"没有个计划你现在就活不下去。"我头枕在戴安的臂弯里，她把我拉到自己的胸脯前。"我认识一个人，"她开始说，我知道她这是要介绍自己的一个情人了。"想开个广播站。他不知道怎么发电，也不认识建转发器或者修理旧设备的人。就算这些都齐全了，他也知道没有收音机来接收信号。他隐隐约约说起过修旧收音机的事，想找本书学修理。我对他说：'脱离了工业社会，广播站就没法存在。'他说：'我们会想办法。'你知道，这就是他感兴趣的那些节目。他还让别人感兴趣，大家坐一圈儿谈论这些节目。他只想要现场音乐。他想大清早就播十八世纪的室内音乐会，但他知道没有这样的乐团。晚上他就跟自己那些信仰马克思主义的朋友聚会，大家策划话题、节目内容，讨论采用什么台词。有个历史学家写了本书，想分 26 次朗诵完，每次半小时。"

"让过去重来一遍没什么好处，"稍顿片刻，我说，"我才不在乎过去，我要为玛丽和自己创造一个未来。"说完我们都笑了。因为我否定着过去，同时却躺在她怀里说要跟母亲一起生活。这是我们之间常开的一个老玩笑了。我们开始飘然进入对往事的回忆。在戴安的纪念物的包围中，很容易想象屋子外面的世界依然如故，秩序井然又多灾多难。我们聊到最初在一起的那些日子中的某一天。我十八岁，戴安二十六岁，我们从卡姆登城穿过摄政公园，行走在一条栽着落光叶子的梧桐树的大道上。正值二月，天气寒冷，晴空明朗。我们买了去动物园的门票，因为听说动物园很快就要关张了。那次经历令人失望，我们无精打采地走过一个个笼子,那些荒唐地把动物圈在各自园地里的笼子。寒冷蒙蔽了动物的气味,阳光照出了它们的无所事事。我很后悔花了钱买门票。说来那些动物只不过看起来有些像它们的名字:老虎,狮子,企鹅,大象,顶多如此而已。后来,我们在一间空旷的咖啡店度过了还不错的一个小时,在温暖的室内聊着天喝着茶,我们是那里唯一的客人,那间咖啡店弥漫着无边无际的都市的凄凉。

在离开动物园的路上,小学生的叫声把我们吸引到黑猩猩旁边。那些黑猩猩待的笼子像个巨大的鸟笼,不过是那些早已忘记的过去的动物的拙劣模仿。杜鹃花丛中,一道丛林小路蜿蜒而过,一系列不规则、便于转动的栅栏贯穿整个笼子,里面还有两棵人为加工的树木。喊叫声是冲着强壮有力、脾气暴躁的雄性黑猩猩发出的,笼子里的大王,它正吓唬别的同伴。它们面对猩猩王四散开来,从笼壁的一个小洞里穿过去消失了。这时留下来的只有一只看上去年迈的母猩猩,它可能已是祖母辈的了,肚子上紧紧搂着一只小猩猩。那只雄猩猩开始追逐母猩猩。母猩猩嚎叫着在丛林路上奔跑,摇摇摆摆地撞到了栅栏上。两只猩猩在笼子里兜着圈子飞奔。雄猩猩在母猩猩后面只有几英寸之遥。母猩猩拖曳的手离开一条栅栏时,雄猩猩就乘机用前面的手去够母猩猩的手。

母猩猩爬得越来越高,越来越快,开心的孩子们欢呼雀跃。小猩猩紧紧贴在母猩猩身上,粉红的小脸半埋在母猩猩的乳房和毛发中,在空中书写着大幅度的轨迹。这时两只猩猩开始在笼子的顶上驰骋追逐,母猩猩飞奔时嘴里叽叽咕咕地说着什么,往下面的栅栏条上屙下鲜绿的粪便。雄猩猩顿失兴趣,任由自己的牺牲品钻过墙洞逃了。小学童们发出失望的唏嘘声。笼子里安静下来了,别的猩猩样子可笑地出现在洞口,朝外窥探着。猩猩王高坐在一个角落,睁大明亮、出神的双眼,回过头盯着它们。笼子里的猩猩慢慢多了起来,那个母猩猩也带着孩子回来了。它警惕地看了眼自己的追逐者,尽量把自己能找到的粪便都收集起来堆好,然后躲到树枝上,在那里可以安心地吃东西。它还用指尖给那只小猩猩喂点东西吃。它朝下看着围观的人群,冲他们吐了吐绿舌头。小猩猩紧紧依偎着它的保护者,孩子们四散而去。

回忆完这些,我们默默地躺了很久。床有些小,不过挺舒服,我感觉睡意昏沉。戴安说话的时候我已经闭上了眼睛："那种记忆再也不会困扰我了。一切变化那么大,我几乎不敢相信去过那里的是我们。"她的话我听得很清楚,却只是含含糊糊地表示赞同。我感觉自己正在跟戴安道别。外面阳光灿烂,天气温暖。她站在窗前,我从车窗里探出身来,向她招了招手。我发现自己对车的操控已经无可挑剔,当然了,我早就知道。小车无声地向前行驶着。我感觉饿了,开着车经过好多家餐馆和咖啡厅,可是我没有停车。我此行自有目的地,要去拜访远郊的一位朋友,却不知道他是谁。我行驶的这条路叫所谓的环路。下午天气很温暖,我周围的车辆快速又敏捷,四周的景观没有什么人为的色彩,完全能够理解。路旁简陋的牌子上地名标得清清楚楚。一条铺着瓷片、像个小便池的地下通道明晃晃的,左转右拐,穿过抛物线般的弯道,然后在剧烈的腾跃中转到天光里。面对信号灯,男男女女们加大了马力,这时不合格的车辆或者无能的司机都令人无法忍受。戴着戒指的手伸出车窗,轻轻地敲打车子的侧身。在一个高耸的乳罩广告牌前,一个男人在看着手表。他身后的那个巨人正用凝固了的漫不经心的态度拽着吊带。变灯了,我们全都鱼贯前行,大家的唇间带着得意和鄙夷兼而有之的神色。我看到一个神情忧伤的男孩骑着超市里的一匹马,父亲站在一边微笑着。

天渐渐黑下来,有些刺冷。戴安在房间对面点起一支蜡烛。我躺在她床上,看着她为自己寻找更暖和的衣服穿上。我突然替她感到难过,一个人跟那些古董孤零零地生活着。虽然我们如此亲密,可我很少过来。从南到北,然后再回去,路途很长,而且还有些小小的危险。

我没有说起刚才做的梦。戴安对机器和制造时代非常眷恋,因为汽车曾经是她生活质地的组成部分。她经常说起在一整套规则的约束中驾车、出游的快乐。停停……走走……前方雾气弥漫。我从小就是个漠然的过客,十几岁时就看到街上的汽车逐渐零落。戴安对各种规则充满了渴望。我说:"我想我该走了。"然后开始穿衣服。我们瑟瑟发抖地站在门边。

"答应我个事儿,"戴安说。

"什么事儿?"

"答应我,你不能不辞而别就去乡下。"我答应了。我们吻过后戴安说:"我无法忍受,你俩走了我却浑然不觉。"

如同往日,黄昏初降时外面的人总是很多。天气太冷了,人们已经在墙角纷纷生起火来,围着火站着,聊着天。

大人后面的孩子们在黑暗中欢闹着。为了走点捷径，我沿着街道中心行走，再进入满是铁锈、破烂汽车的长巷子。进入伦敦市中心后一路都是下坡。我穿过运河，来到卡姆登城。我走到尤斯顿，拐到托特纳姆法院路。每个地方都千篇一律，人们从寒冷的房子里走出来，抱团围着火堆。我路过的人群都默默地站着，眼睛盯着火苗；还早，不到睡觉的时间。我从剑桥环形广场右转进入索霍区。河口街跟老康普敦街的拐角处又有一堆火，我停下来想休息下，暖和暖和。火堆边上两个中年男子在火苗的映照中激情四溢地争吵着，别的人只是听着，或者站在那里迷迷瞪瞪地乱想。足球联赛的记忆已经淡化。喜欢这些的男人绞尽脑汁，或者希望对方也绞尽脑汁，去回想曾经轻易就能想起的细节。"当时我在场，伙计，他们还没到半场就得分了。"另一个极端反感地装出要走的样子，其实脚根本就没动。"别说这种蠢话了，"他说，"那场比赛就没有进过球。"他们同时说起来，很难听明白。

有人在我的后侧靠右做了个动作，我转过身。挨着光圈罩里站着一个瘦小的中国人。他的脑袋像颗洋葱，他正笑着，大幅度挥舞着胳臂向我点头招手，好像我站在老远的山顶上。我迈出几步迎上前去问他："你有什么事儿吗?"他上身穿件灰色旧套装,下着崭新的瘦腿紧身裤。他从哪里搞来这条新裤子的呢?"你有什么事儿吗?"我又问了遍。这位小个子中国人吸了口气,唱歌似的对我说:"来!你过来!"接着他走出火的光圈,没影了。

这个中国人在几英尺远的前方走着,几乎看不见人影。我们穿过沙夫茨伯里大道,来到杰拉尔德街,到了这儿,我放慢步子,故意慢慢腾腾,伸出双手在前面摸索着。有几家高层楼房的窗户透出几缕隐隐约约的光,这些光让街上的行人有点方向感,但是照不到街上。我慢慢向前摸索着走了会儿,随后那个中国人点亮一盏灯。他在前面五十码远的地方站着,手里举着那盏灯,高度跟脑袋齐平,等着。我走到跟前后,他给我指了指一条低矮的门道,前面堵了一件方方正正的黑东西。那是个橱柜,这个中国人挤过去时,我借着灯光看见那边有座陡峭的楼梯。这个中国人把灯挂在门道里面的墙上。他抓起橱柜的一只角头,我抓起另一只角,抬起来。这东西不是一般的重,我们抬着每次只能上一级楼梯。为了让我们的动作协调一致,这个中国人喘着气喊唱着"你呀来啊"的调子。我们逐渐形成了某种节拍,那盏灯远远地落在下面。好长时间过去了,楼梯好像没个尽头。"你呀来啊……你呀来啊,"这个中国人在橱柜里面对着我唱。好不容易,前面一扇门打开了,透出一缕黄黄的灯光,厨房的气味流进楼道里。有个难以确定性别的声音在高调、急促地说着中文,屋子的更深处还能听到有个孩子在哭泣。

我在一张撒满了饼干屑和盐粒的桌子旁坐了下来。在拥挤的房间一边,那个中国人在跟妻子争执什么,这个女人纤小又干瘪,脸上瘦骨嶙峋,肌肉扭曲。他们身后有一扇用木板封起来的窗户,门那边放了堆毯子或者垫子。离我有几英尺的地方坐着两个小男孩,赤条条的身上只穿着一件黄黄的背心,他们站着,腿稍微有些罗圈,嘴里流着口水,在打量着我。孩子的胳臂肘为了保持平衡向前伸着。一个十二岁左右的女孩在看管他们。女孩的脸蛋简直就是母亲的细嫩版,连穿的衣服都是妈妈的,大得离谱,腰上束着塑料带。从一只小火炖煮的罐子里飘出淡淡的咸味,和屋里的牛奶以及孩子的尿臭味儿混在一起。我感觉很不舒服,后悔没能走在回家的路上,在黑暗中享受自己的私密,沉思自己的各种计划,可是隐隐约约的礼貌感又阻止我不要走。

我自以为是地想象着夫妇俩争吵的原因。我知道些中国人的礼节。他是想答谢帮了自己忙的客人,这是面子问题。"根本就没意义,"妻子坚持着。"你看看他穿的那件厚大衣。他比我们富有多了。我们穷成这样,还要给这样的人送礼物,无论心多好,这样做都显得很愚蠢和自作多情。"

"可是他帮了咱们,"丈夫好像在反驳,"我们总不能空着手打发他走吧。至少我们可以请他吃顿晚饭。"

"不,不,东西没那么多。"他们的谈话很正式,都尽量克制着,把音量控制在不要高于喃喃细语的水平。两人说话时的争抢,女人脖子上跳动的青筋和男人紧握又松开的左拳明确地传达了他们存在的分歧。我默默鼓劲,希望女人占上风。我希望他们温和、彬彬有礼地跟我握别,我永不再回来。我将一直朝南走回家去,然后上床睡觉。其中一个小男孩眼睛盯着我,接着摇摇晃晃地朝我走来。我望着女孩示意拦住他,女孩顺从了,但有些不乐意。我觉得她没有必要地迟疑了半天。

争论结束了,女人俯着身子,冲着一堆垫子给孩子们铺床,丈夫在我旁边的一把椅子里坐着望着她。女孩斜靠着墙,闷闷不乐地检查着自己的手指头。我捻搓着桌上的碎屑和盐粒。那个中国人转过身来,看着我似笑非笑。接着他对女儿和一个小男孩说了句显然很复杂的完整的话,说到最后几个字时调门稳定地提高了,而脸上的表情仍然保持不变。那个女孩看着我,闷声闷气地说:"爸爸说,让你跟我们一起吃饭。"为了表达得更清楚,女孩的父亲指了指我的嘴巴,又指了指罐子。"你来。"他满腔热情地说。角落里,母亲冲着孩子们尖声嚷嚷,孩子们躺在那张小席的两头在昏昏欲睡中哭着。我直直地朝她那个方向看着,希望捕捉到她的眼睛,得到她的认可。女孩百无聊赖,又靠着墙不动了,父亲抱着胳臂坐在那里,眼睛浑浊又空洞。我问女孩:"你妈妈是怎么想的?"女孩耸耸肩,看着自己的指甲,头都不抬。在她的声音的映衬下,我的声音听上去很空洞,文质彬彬,措辞故作简洁。"刚才你父母在说什么来着?"她盯着那只黑色的橱柜。"妈妈说,那件东西爸爸买得太贵了。"

我决定离开了。我冲那个中国男子打了个哑语,做了个脸色难看的表情,然后又指指我的肚子,意思是说我不饿。主人似乎把这个动作理解成我很饿,都等不及吃晚饭的时间了。他急急忙忙地给女儿说着什么,女儿回答的时候他又生气地打断。她耸耸肩,穿过屋子向火走去。整个房间弥漫着一股细细的热乎乎的动物的味道,很像血的腥味。我在椅子里拧过身子,对那女孩说:"我不想惹你父母生气,但是告诉爸爸我不饿,我得走了。"

"我已经告诉过他了,"女孩说,然后舀了一勺什么东西倒进一只大白碗里,端到我面前。她好像对我的处境饶有兴致。"他们谁都不听,"女孩说,然后又回到墙的原位站着了。

在满满一碗清澈的热汤里,半淹半浮着几个暗褐色的小球,互相无声地碰撞着。那个中国男人努着脸鼓励我吃。"你来。"我感觉女人从房间她站的那边打量着我。"这是什么东西?"我问那女孩。

"屎吧,"她含糊其词地说。接着她又改变了想法,很卖力地嘶哑地说,"是尿。"那个中国人发出一声低低的窃笑,干枯的双手微微挥了下,好像为女儿精通了一门艰涩的语言而高兴。在全家的注视中,我拿起汤匙。那两个小孩在他们的角落里悄无声息。我迅速喝了两小口,含着没有吞咽下去的汤抬头冲着女孩的父母笑了笑。"挺好。"我终于说,然后又转向那女孩,"告诉他们,很好。"女孩还是没有抬起头,注视着指甲说:"如果是你,我会放下不喝。"我把一只小球设法弄进汤匙里,那东西沉得惊人。我没有问女孩那是什么东西,因为我知道她会说什么。

我吞下那只小球后站起来。我去跟那个中国男人握手道别,可他和妻子盯着我没动弹。"走吧,快走吧。"女孩无奈地说。我慢慢绕过桌子,害怕呕吐出来。我走到门口的时候,女孩说了句什么话惹得母亲忽然很生气。她冲丈夫吼叫着,指着我吃过的碗,从里面冒着细细的白色蒸汽,好像在控诉着什么。那个中国男人安坐不动,显然早已麻木了。这时怒火冲天的女人开始痛斥起女儿来,女孩迅速背过身去,不想听。父亲和女儿似乎在默默地等着,等待着那个瘦女人脖子里的脊索啪地一下断了,我也等着,半藏在橱柜的后面,希望走上前去,用友好的道别来缓和下局面,让我的良知好受些。可是这个房间和里面的人就像静止不动的活人画。只有喊叫声在继续着,我于是趁着不被注意溜走了,下了楼梯。

那盏灯依然在门口上方亮着。心知找点煤油多么不易,我把灯熄了,然后走进漆黑的大街。

临死前的高潮

我平时不大注意那些摆在橱窗里搔首弄姿的女模特儿。可是这位却让我怦然心动。我不禁停下来想看一看。她两腿叉得很开,右脚大胆地向前迈出去,左脚拖在后面,貌似不经意,其实很讲究。她的右手向前伸着,快要挨着橱窗了,手指像朵美丽的花般向上簇起。左手略微搁在身后,好像在摁一只淘气的叭儿狗。头使劲朝后仰过去,面带一丝若有若无的微笑,眼睛半闭着,貌似倦怠,又像陶醉。我说不上的一种表情。整个模样非常造作,可那时我也不纯朴。她是个美人儿。大多数日子我都会见到她,有时一天还能见到两三次。当然,她会根据心情摆出不同的姿势。有时我匆匆走过(我总是行色匆匆),会让自己迅速瞥她一眼,她似乎朝我点头示意,要迎我走出冷漠。有时我回想起看见她陷入倦怠又沮丧的消极状态,傻瓜们会把这个误以为是女人味儿呢。

　　我开始留心起她的穿着来。她天生就是个时尚女人。某种意义上,穿得时尚就是她的工作。可她完全不像那些在古板的沙龙里和着恶劣的音乐向人们展示高端女子时装设计的模特儿,她们不过是活的衣架,她没有这些女人毫不性感、装腔作势的僵硬样儿。不,她属于另一类人。她的存在并不仅仅是为了呈现一种样式,一种流行的风尚。她在此之上,她是超越这些的。对她来说衣服只是附丽在她的美之外的东西。就算穿着旧纸袋,她也会显得挺漂亮。她甚至对自己的衣服不屑一顾,每天为了别人要扔掉那些衣服。她的美透过这些衣服光彩闪耀……不过这些衣服本身也挺美。秋天,她穿的是深褐色的带披肩的风衣,或者是橘色和绿色相间的农家旋转裙,或者是红赭色的粗布长裤。春天,她穿的是印有西番莲果的方格布花裙、白布衬衣或者蓝绿色和蓝色相间的奢华套装。是的,我注意到她的衣服,因为她像18世纪的肖像画家那样,懂得织品的华丽程度,懂得褶痕的微妙,以及褶缝与折边的细微差别。她涟漪般变换着姿势的身材,自动适应着每件作品的独特要求。她那完美无缺的身体线条,优美得令人窒息,与裁缝精湛作品上变化多端的阿拉伯图饰配合得恰到好处。

不过我说离题了。我这种抒情描写会让你厌烦。日子来了又去。我今天见到她，明天又可能见不到，又一天可能会见到两次。浑然不觉中，有时见到有时见不到的状态成为我生活的某种要素，接着我还没有意识到的时候，它又从要素变成生活的全部。今天我能见到她吗？我的时时刻刻都能得到补偿吗？她会看我吗？她会始终记得我吗？我们将来会走到一起……我有勇气去接近她吗？勇气！我的几百万现在有什么用？如今我那因为三次婚姻的蹂躏而变得成熟的智慧又有什么用？我爱她……我想拥有她。拥有她似乎只有买到她。

我得向你自我介绍一下。我很富有。在伦敦也许只有十个人比我有钱，没准只有五六个。谁在乎这个呢？我很富有，我的钱是在电话业上赚的。圣诞节我就要四十五岁了。我结过三次婚，按照时间顺序，三次婚姻维持的时间依次为八年、五年和两年。最近这三年我没结过婚，但也没无所事事。我没有停顿。一个四十四岁的男人是没时间停顿的。我是个匆匆忙忙的人。来自精囊或者不管哪儿的射精时的抽搐每次都在减少我生命长度的总配额。我没有时间去做这样的分析,自我探究那些疯狂的关系,无言的指责或默默的辩护。我无意跟那些交媾完了后还冲动地说来说去的女人相处。我只想平静、清爽地躺着,不要被人打扰。然后我就想穿上鞋袜,梳梳头发,去周旋我的生意了。我更喜欢默默无声的女人,带着明显漠然的神情接受着欢愉。在接电话时,在吃午餐时,在生意洽谈会上,整天都有各种声音在我身边萦绕。我不想在床上再听到什么声音。我想重申,我不是个单纯的人,这个世界也并不单纯。但是至少在这方面,我的需求却很单纯,甚至唾手可得。我迷恋的是被灵魂的狂叫和哀嚎加剧的快感。

或者毋宁说我过去是这样,因为这一切都发生在之前……发生在我爱上她之前,在我知道了为某个毫无意义的事业而自我毁灭的病态兴奋之前。眼下,圣诞节就要满四十五岁的我,还在乎什么意义呢? 大多数日子,我都要经过她的那家店铺,要朝里面看看她。更早的那些日子里,我只要看她一眼就够了,然后匆匆去见这个生意上的朋友或者那个情人……当我知道自己陷入爱恋时,却腾不出时间去约会。我已经描述过,我生活的一个要素如何变成生活的全部,就像彩虹里的橘黄色不知不觉融入红色。我曾是

90

个匆匆走过一家商店橱窗,漫不经心地往里看一眼的男人。然后,我成为一个爱上……或者索性说,变成一个恋爱中的人。这个变化已经发生好几个月了。我开始在橱窗旁逗留徘徊。其他人……那些在橱窗里展出的其他女人对我来说毫无意义。我的海伦不管站在什么地方,我一眼就能把她找出来。其他女子(噢,我的天)不过是令人不屑的人体模型。她的美携带的纯粹的电荷,在她身上激发出生命力。那眉毛透出的娇柔气质,那鼻子完美的线条,那微笑,那既厌倦又快乐地半闭着的眼睛。(那感觉我怎么说得清呢?)有很长一段时间,只要能透过橱窗玻璃看她一眼,我就感到心满意足;只要能距离她咫尺,我就感到快乐。我在如痴如狂的状态中给她写了好多信,没错,我居然干了这事儿,我现在都还收着这些信。我叫她海伦(“亲爱的海伦,请给我个暗示,我就知道你什么都明白”等等)。但很快我就彻底爱上了她,希望占有她,拥有她,化了她,吃了她。我希望把她搂在我的怀里,放在我的床上。我渴望她向我张开双腿。只有在她洁白的大腿夹住了我,只有我的舌头俘获了她的双唇时,我的心才会安定下来。我知道我很快就会去商店请求买下她。

这太简单了,我已经听到你这样说了。你是个有钱人。只要你愿意,可以把整个商店都买下来。你可以买下这条街。当然,我可以买下这条街,以及许多别的街。可是,且听我说。这可不是单纯的生意上的交换。我这不是去购置一块扩大生产用的地皮。在生意中,你出了价,你就要承担各种风险。可是在这件事上,我不能冒失败的风险。因为我想要我的海伦,我需要我的海伦。而我内心最害怕的是,我这样不顾一切会让我完蛋。我不敢肯定在谈这笔买卖时能胜券在握。如果我鲁莽地出了高价,商店经理就想知道为什么。如果这笔买卖对我来说有价值,他自然会认为对别人也有价值。(因为他不也是个生意人吗?)海伦在那家店里已经待了好几个月。也许他们会把她移走,毁了她,这个念头开始在我每天醒来的时分折磨人了。

我知道我必须尽快行动,可是我却害怕起来。

我选了星期一,这天不管哪家商店都会很清静。我吃不准这种清静是否对我有利。我还可以选星期六,一个忙碌的日子,但后来还是选了清静的日子……或许忙碌的日子……我的那些决定互相否定,就像两面平行的镜子。我经常好几个小时睡不着觉,对朋友也粗暴无礼,跟情人们在一起时都阳痿了，做生意的本事也开始退化。我想，我总得做出选择，于是就选了星期一。这是十月，天上下着凄楚的毛毛细雨。我把司机打发走了，自己开车去那家商店。我该盲目地遵从那些愚蠢的惯例，向你们描绘一番我那温柔的海伦的第一个家吗？我其实并不太在乎。这是家挺大的商店，一家百货店，一家正经专卖服装以及与服装有关的妇女用品商店。它装着自动电梯，有种让人厌烦的沉闷空气。可以了。我心中自有盘算。我走了进去。

在把我珍爱的宝贝揽进怀里的那个时刻之前，还有多少谈判的细节需要敲定？有那么些细节要商量，而且得迅速。我跟一个营业员说了。她去咨询另一位。然后她们又拽来第三位。第三位派第四位找来第五位。最后发现第五位才是负责橱窗布置的部门经理。她们像一群喜欢打探的孩子般簇拥着我，感觉到了我的财富和能量，却没有感觉到我的焦急。我特意提醒她们所有的人，我的要求很奇特，她们不自然地移换着脚，躲着我的眼睛。我急切地跟这五个女人宣讲着。我告诉她们，我想买一件在橱窗里展示的外套。这是给我妻子买的，我告诉她们，而且我还想要跟那件外套相配的靴子和披巾。今天是我妻子的生日，我说。我要把那位穿着这些服装的模特儿(噢,我的海伦)一起买去,就想展示这套服装的好来。我给她们透露了我庆祝生日的小伎俩。我会虚构件家庭琐事把妻子诱惑到卧室,她会打开卧室的门,那里居然站着……她们想不到这个吧? 我把这个场面绘声绘色地描述了一番。我紧盯着她们。我让她们豁然开朗了。她们现场活生生地体验着生日礼物带来的意外惊喜。她们笑着,互相看着对方。她们斗胆直视着我的眼睛。这是个多好的丈夫啊! 她们每个人都成了我的妻子。当然,我愿意额外付一点……可是,不,那位部门经理根本就不愿听。请带着本店的祝愿收下它。部门经理领着我向陈列的橱窗走去。她领着路,我跟在后面,穿过一道血红色的薄雾。我手心里的汗都滴了下来。我滔滔不绝的口才已经枯竭,我的舌头粘在牙齿上不动了。我只能虚弱地举起手朝海伦的方向指过去。"就是这位,"我喃喃地说。

我曾经是个匆匆走过商店橱窗、随随便便往里瞥一眼的过客……后来我成了一个恋爱中的人,一个挽着自己心爱的人穿过雨幕朝那辆等候的汽车走去的男人。其实,他们在店里提出要帮我把衣服折好装起来,以免弄得皱皱巴巴。可是你举个男人的例子,他会挽着自己光着身子、真心爱着的人在十月的雨中穿过街道吗？当我带着海伦穿过街道时,我兴奋得胡言乱语。她紧紧贴在我的衣服翻领上,像只刚生下来的猴子,扣在我的胸前。噢,我的宝贝儿。我温柔地把她平放在车子的后座上,带着她慢慢向家里开去。

在家里,一切我都准备好了。我知道,我们一进屋她就得休息。我把她领进卧室,脱掉靴子,把她放在清爽、洁白的亚麻布床单上。我在她的面颊轻柔地吻了吻,她当着我的面就深深地昏睡过去了。我在自己的书房里忙了好几个小时,赶着处理几件重要的生意。我现在心里感觉平静明澈,一种持久的内在的光芒让我容光焕发。我现在可以高度聚精会神了。我蹑手蹑脚地走进她躺的那间卧室。在睡梦中,她的五官化作一种美妙的温柔又善解人意的表情。她的双唇微微开启。我跪下吻了吻这对嘴唇。回到书房后我在壁炉的一堆柴火前坐下,手里拿着杯葡萄酒。我开始回想自己的这一生,我的几次婚姻,我最近那种绝望般的心情。现在看来,以前的所有不幸似乎都是成就当下可能的必不可少的要素。如今我有了我的海伦。她正在我的床上睡着,就在我的家里。她不会在乎别的任何人。她是我的。

十点钟到了,我溜进自己的床,在她身边躺下。我做这一切时悄无声息,但我知道她醒了。现在回想起来依然很感人:我们没有马上就做爱。没有。我们并排躺着(她是多么温暖),说着话。我跟她说了第一次看到她的时间,我对她的爱是如何产生的,我如何策划确保把她从店里解放出来。我还跟她说了我的三次婚姻、我的生意和我的风流往事。我决心不向她保守任何秘密。我告诉她刚才手里拿着葡萄酒杯,坐在火堆前想的那些事。我谈到未来,我们共同的未来。我跟她说我爱她,是的,我想这个我跟她说过许多遍了。她安静地留神听着,这种态度正是我要学着尊重她的地方。她抚摸着我的手,惊奇地注视着我的眼睛。我脱了她的衣服。可怜的女孩。她那件外套里面什么都没穿,在这个世界上,除了我,她一无所有。我把她拉到我跟前,她赤裸的身子紧贴着我的,我做这些的时候,发现她睁大的眼睛里透露出恐惧的神色⋯⋯她还是个处女。我对着她的耳朵喃喃低语。我向她保证我会很温柔,会很熟练,会控制好。在她的大腿间,我用舌头爱抚着她诱人的处女的暖烘烘的骚气。我抓住她的手,把她柔韧的手放在我突突跳动的那家伙上(噢,她那冰冷的双手)。

"别害怕,"我轻声说,"别害怕。"我轻易地滑进她的身子,悄无声息得就像巨大的轮船开进夜晚的港湾。我看到她眼里迅速闪现出疼痛的火花,但接着就被我手指长久的抚摸带来的快感熄灭了。我从未品尝过这样的快感,如此完美谐调……几乎完美,因为我得承认还有一个我挥之不去的阴影。此前她还是个处女,可现在已经是个要求苛刻的情人。她要的高潮我给不了,她不让我离开,不许我休息。整个晚上都不停歇,她始终徘徊在那个悬崖的边缘,最后从极度温柔的濒死状态松弛下来……可是我什么成绩都没有取得,事实上什么都干了,我给了一切,为了把她带到那个高潮。最后,大概是清晨五点左右,我挣脱了她,因疲惫而神志不清,为自己的失败感到痛苦,感到受伤。我们再次并排躺着,这次我在她的沉默中感到了一种不曾说出的责备。如果我当初没有把她从相对平静的商店带出,没有把她带到这张床上,向她吹嘘我的老到,那会怎么样呢?我抓住她的手。那手生硬又冰凉。刹那间我有了某种恐慌的感觉,担心她会离开我。这种害怕的感觉很久以后又回来了。没有任何东西可以阻止她。她没有钱,事实上也没有谋生的技能。连衣服都没有。可是她照样会离开我。

还有别的男人。她可以回到店里去工作。"海伦，"我焦急地说。"海伦……"她躺着完全不动，好像尽量屏住呼吸。"会到高潮的，你知道，会到高潮的。"这样说着，我又插了进去，慢慢地，浑然不觉地抽动着，每动一步都会带着她一起动。逐渐加速，花了一个小时，当十月灰色的曙光穿透低低地笼罩着伦敦的云层时，她昏死过去，她来高潮了，离开了这个尘世……这是她的第一次高潮。她四肢僵硬，眼睛迟钝地看着虚空，一阵深深的痉挛像海浪般掠过她的全身。接着，她就在我的怀里睡着了。

　　第二天早上我醒来得很晚。海伦还睡在我的怀中，但我设法从床上溜出去，没有闹醒她。我穿上一件特别华丽的睡衣，这是我第二个妻子送的礼物，然后走进厨房给自己煮了杯咖啡。我觉得自己已经变了个人。我打量着自己周围的东西，包括挂在厨房墙上的乌特里略的画，一尊著名的罗丹小雕像的复制品，以及昨天的报纸。它们散发着新奇而陌生的光彩。我很想抚摸下各种东西。我的手在餐桌表面的纹理上摸了过去。在把咖啡豆灌进研磨机，以及从冰箱里取出成熟的葡萄柚的过程中，我获得了莫大的快感。我对这个世界充满了爱，因为我已找到了完美的配偶。我爱海伦,而且知道自己也被爱着。我感觉无拘无束。我以极快的速度读着晨报,而且在当天的晚些时候,仍然记得那些外交部部长的名字以及他们代表的国家。我在电话里口授了六封信,然后刮脸,洗澡,穿好衣服。当我进去看海伦时,她还睡着,快乐得没有丁点气力了。即便她醒来了,也得穿些衣服才能起床。我让司机开车送我到西区,我在那里花了一下午的时间买了不少衣服。说到花了多少钱,会显得我很低俗,但不妨可以这么说,鲜有人全年的收入顶得上今天下午花的钱。不过,我没有给她买胸罩。我向来鄙视它们,觉得就是些东西而已,可是只有女学生和新几内亚的土著不戴这玩意儿也行。不过,幸运的是,我的海伦也不喜欢它们。

　　我回家里时她已经醒来了。我让司机把好几包衣服搬到餐室后就打发他走了。我自己把这些包从餐室搬到卧室。海伦非常开心。她目光亮闪闪的,高兴得呼吸都紧张了。我们一起挑选了她当天晚上要穿的衣服,那是一件长长的淡蓝色的纯丝晚礼服。我扔下她独自面对这二百多件东西浮想联翩,自己赶紧去厨房准备丰盛的晚餐。只要有几分钟的空闲工夫,我就回去帮她穿衣服。当我退后几步欣赏她的时候,她就非常安静、放松地站着。当然是非常合身了。而且,不仅是合身,我再次看到了她穿着方面的天才。我看到了另一种存在的美,没人见识过的美,我见到了……这是一种艺术,一种只有艺术才会实现的线条与形式的完美境界。她仿佛熠熠生辉。我们默默地站着,互相凝视着对方。接着我问她是否愿意让我领着她到处看看屋子。

我先把她领到厨房里。我让她看了里面的很多小器具。我指给她看了墙上那幅乌特里略的画(我后来发现,她不太喜欢绘画)。我给她看了罗丹的那件仿制品,我甚至提出让她用手去握住那东西,可她表示反对。然后我把她带进浴室,让她看了那个凹下去的大理石浴池,示范她如何打开水龙头让水从条纹大理石做的狮子嘴里喷出来。我不知道,她会不会觉得这有点儿粗俗。她什么都没说。我领她走进餐室……又是那些画,我这样让她觉得很厌烦。我让她看了我的书房,我的第一版莎士比亚作品对开本,各种罕见的珍品,还有很多电话。接着又看了会议室。其实没有必要让她去看这个的。也许到了这时候,我开始有点儿故意炫耀了。最后是那个我随便称为房间的辽阔的起居室。

我是在这里打发自己的休闲时光的。我不会拽出各种细节像烂透的西红柿般向你显摆……房间很舒适，丝毫没有陌生感。

我很快就感觉到海伦喜欢这间屋子。她站在门口过道里，双手搁在身体的两侧，好像要把里面的一切全看完了。我把她带到一只柔软的大沙发前，让她坐下，给她倒了杯她最愿意喝的饮料，一种干马提尼酒。然后我把她留在那里，接下来的一个小时里全神贯注地去准备晚餐。那天晚上度过的时光，是我和一个女人，或者就当时那种情况而言，和另一个人度过的最文雅的几个小时。我在自己家里曾经给女性朋友们做过许多回饭。我可以毫不犹豫地把自己称作杰出的厨师。最杰出的厨师之一。可是在这个特别机缘之前的那些夜晚，我的客人习以为常的歉疚让人苦恼不堪，说什么在厨房里的是我而不是她，还说我端着菜进来，最后又把空盘子拿走。自始至终，我的客人会不停地表示惊讶，说我这个离了三次婚的人，而且又是个要做事的男人，还能备出这么好的美食。海伦不是这样。她是我的客人，就这么回事儿。她不想闯进我的厨房，她从来不曾没完没了地嘀咕："有什么我能做点的吗？"她袖手旁观地坐着，像客人理

101

应做的那样，任由自己接受着我的服务。是的，还有谈话也是这样。跟其他客人在一起，我总觉得谈话就像个越障的过程，要越过矛盾、竞争、误解等的沟壑与篱笆。我最心仪的谈话是那种也许双方参与者把自己的思想发挥到极致，无拘无束，不要无休无止地对某个前提反复下定义、对某些结论进行辩解。甚至可以不必得出什么结论。跟海伦在一起，我谈得很理想，我可以说给她听。她安静地坐着，目光聚集在离自己眼前的盘子几英寸远的某个点上。我对她说了许多以前从来没有大声说过的事情。谈到我的童年，我父亲死时发出的响声，我母亲的性恐惧，我自己跟一位表姐的性启蒙。我谈到世界的现状，谈到国家、衰落、自由主义、当代小说，谈到婚姻、陶醉和疾病。我们还没有意识到，五个小时就过去了，我们喝了四瓶葡萄酒和半瓶葡萄牙红酒。可怜的海伦。我只好把她抱上床，脱了她的衣服。我们躺了下来，四肢互相缠绕着，除了堕入最深沉、最舒服的睡眠，什么都没法做了。

我们就以这样的方式结束了第一天，这一天因此也成为后来快乐的几个月的模式。我是个幸福的人。我把自己的时间分成跟海伦相处和赚钱两部分。后者我轻而易举就能取得成功。事实上,这段时间我变得如此富有,乃至当今政府感觉不给我一个有影响力的头衔会很危险。当然,我接受了骑士封号,海伦和我还隆重地庆祝了一番。但我不想以任何本领为政府服务,所以相关事宜我完全交由第二任妻子周旋,她在政府大臣和议会要员中具有很大的影响。秋季转瞬成冬,然后很快我花园里的杏仁树开花了,很快我的橡树林荫道上出现了第一批娇嫩的绿叶。海伦和我的生活绝对地和谐,任何东西都打扰不了。我赚钱,我做爱,我聊天,海伦听着。

可我是个傻瓜。没有任何东西会永久不变。谁都知道这点,但是没有人相信不会有例外。很遗憾,我得跟你说说我的司机布赖恩的事了。

布赖恩是个完美无缺的司机。除非你跟他说话,否则他从不开口,而且即便说也是随声附和。他对自己的过去、自己的抱负,以及自己的个性都讳莫如深。我正好喜欢这点,因为我并不想知道他从哪里来,要到哪里去,或者他觉得自己是什么人。他开车的技术非常高超,同时又快得要命。他总是知道应该停在哪里。不管什么汽车长队,他总是排在前头,而且他很少会碰上排长队。他熟悉每一条捷径以及伦敦的每一条街道。他从来都不会疲倦。他会在某个地点等我整夜,而且从不借助抽烟或者色情读物来消磨时间。他的汽车,他的靴子和制服总是一尘不染。他脸色苍白,身体瘦削,收拾得干干净净,我猜他的年龄大约在十八到三十五岁之间。

你知道了可能会觉得奇怪,我对海伦引以为傲,却从不把她介绍给我的朋友们。我没有对任何人介绍过她。除了我,她似乎不需要任何人的陪伴,我乐得任其自然。我为什么要把她拽进乏味的伦敦富人的社交圈里去呢?再说,她非常羞怯,连最初见到我时也这样羞怯。我对布赖恩也不例外。如果海伦在的话,不用故作神秘兮兮,我都可以不让他进房间。如果我想跟海伦一起出游,就打发布赖恩休息一天(他住在车库附近),自己来开车。

一切都非常透明和简单。然而事情开始不对劲了,我还鲜活地记得这一切开始发生的那天。快到五月中旬的时候,我度过了极其罕见的疲惫和令人恼火的一天后回到家里。那天,我事后才知道,由于一个纯属自己的失误,我损失了差不多五十万英镑。海伦坐在她最喜欢的椅子上,没有做什么具体的事。我进门时,发现她的眼神有点不对劲,明显地躲躲闪闪、有种说不清的冷漠,我都没法假装看不见。我喝了几杯威士忌,感觉好多了。我挨着她坐下,开始跟她讲述我这一天发生的事儿,告诉她出了什么差错,如何是我的过失,我又如何冲动地怪罪别人,事后又不得不道歉等等,这样倒霉的一天所发生的种种烦恼,一个人只能在自己配偶面前才有权倾诉。可是我说了不到三十五分钟就发觉海伦压根儿就没听。她木木地注视着自己横放在膝上的两只手,心思却在很远很远的地方。意识到这点简直太恐怖了,我刹那间不知所措(我完全呆了),只好继续说下去。后来我再也无法忍受了。我话讲到一半就打住,然后站了起来。我走出房间,使劲摔上身后的门。海伦的眼睛无时无刻不在盯着自己的手,从不抬头。我气愤极了,气得都不想跟她说话。我出去后在厨房坐下,喝起我还记着顺便带在身上的威士忌来。喝完酒,我又洗了个澡。

　　我回到卧室时,感觉好了很多。我开始放松,微微有些醉,准备把这件事全给忘掉。海伦好像也温顺了许多。本来,我想问她碰到什么不顺心的事儿了,可我们却开始谈起我这天的遭遇,我们很快就回到老样子了。既然我们相处得这么好,重温以前的事儿就显得没有意义了。可是晚饭

105

后过了有一个小时,前门的铃声响了——这种情况在晚上很罕见。我从椅子里起身时,目光正好扫过海伦,我看到她脸上有一种跟我们第一次晚上做爱时一样恐惧的神色。是布赖恩站在门口。他手里拿着一份让我签字的文件。这是件跟汽车有关的事儿,等到明天办也完全可以。我在浏览需要签字的文件时,从眼角看到布赖恩的目光鬼鬼祟祟地从我肩上看过去,朝门厅里面张望。"在找什么吗?"我尖声问道。"没有,先生,"他说。我签完字,然后关上门。我记得,因为汽车在修理厂检修,布赖恩今天整天都在家里。我是叫了辆出租车去办公室的。这个事实和海伦的奇怪表情……当我把这两件事联系起来时,一种很不舒服的感觉袭来,差点要呕吐了,我赶快走进盥洗室。

可是,我并没有呕吐。我凝视着镜子。镜子里那个男人再过不到七个月就四十五岁了,这个男人的眼角上刻着三次婚姻的痕迹,由于一辈子对着电话机讲话,嘴角都下垂了。我在脸上泼了把冷水,然后就回房间跟海伦待着了。"来的是布赖恩,"我说。她什么也没说,她无法抬头看我。我那鼻音很重又不动感情的声音说:"他平时从不在晚上拜访……"海伦依然不说话。我在期待什么?难道期待她会突然心血来潮向我坦白她和司机之间有了暧昧关系？海伦是个沉默寡言的女人，她可能觉得要隐瞒自己的感情并不难。我也不会说出我感觉到的东西。我太害怕自己猜对了。我无法忍受听她亲口证实那个念头，会再次让我有呕吐的危险。我只是抛出自己的说辞让她筑起借口来掩饰自己……我太希望听她否认这一切，即便我知道这样的否定是装的。总之，我知道自己完全掌握在海伦的魔力中了。

这天晚上，我们没有一起睡。我在一间客房给自己收拾了张床。我不想一个人睡，其实，这个念头让我想来都感到厌恶。我本来（我脑子里乱极了）只想做个样子，这样海伦就会问我这是在干什么。我想听到她表示惊奇，为什么我们快乐地一起生活了这么几个月之后，我连句话都没说就突然搬到另一个房间去睡了。我想听到她说，别犯傻了，回到床上来吧，回我们的床上来。可她什么都没说，只字未说。她认为这样做完全是理所当然……目前的状态就是这样，我们再也不能同床共枕了。她的沉默坚定地肯定了这点。或许还有什么渺茫的可能性（我躺在自己的新床上怎么也睡不着），她只是对我使性子感到恼火。现在我真有点茫然了。我把事情翻来覆去想了又想，夜越来越深。也许她从来就没见过布赖恩。整个事情会不会是我自己想出来的？毕竟,我这天过得挺背运。不过,这事有点荒唐,情况已经明确成这样了……分床……可是我本该怎么做才对呢？我本该说什么才对呢？我把每种可能性都考虑过了,说几句好话,狡猾地沉默,来上几句简明扼要的警句式的议论,把表面那层薄薄的面纱撕下来。她现在也像我一样没有睡着,想的都是这件事？或许她很快就酣睡过去了？我怎样才能表现得看上去不像没睡着觉的样子？如果她离开我那又会怎样？我现在已经完全由她摆布了。

如果我要表达随后几个星期自己生活的状态,必然要浪费笔墨。那种状态充满了噩梦里才会有的霸道的恐怖。我好像搁在烧叉上的烤猪,海伦随心所欲地用手慢慢地拨弄着。也许回想起来试图证明目前的状况是我一手造成的这本身就不对,可现在我确实知道自己原本能够早点结束痛苦的。我睡在客房里已经确凿无疑。我的自尊不许我重返我们寻欢作乐的床笫。我想要海伦先开口。毕竟,是她有那么多东西应该对我解释。在这点上我很固执,这是这段荒凉、困惑的时期我唯一感到确定的事。我得紧紧地抓住某个东西……你看我已经活过来了。海伦和我很少说话。我们漠然又疏远。谁都躲着对方的眼睛,我的愚蠢就在于觉得如果我能继续沉默足够长的时间,她就会崩溃,就会迫使她跟我说话,跟我说她觉得我们之间发生了什么。我就这样慢慢烤着。夜里我常常从噩梦中醒来,大喊大叫,下午我总是闷闷不乐,想把这事彻底想明白了。我还得继续做我的生意。我经常要离开家,有时去几百英里外的地方,可以肯定,布赖恩和海伦正庆贺我不在呢。有时我从旅馆或机场的休息室给家里打电话。总是没有人接,但是我却好像在电话铃震颤的间隙听到海伦在卧室里发出的欢快的喘息声。我生活在黑暗的山谷中,泪水在眼边打着旋。看到这些景象都足以让我崩溃:一个小孩在和她的狗玩耍,落日映照在河水中,广告画上遒劲有力的线条。当我出差归来时,感觉孤苦伶仃,对友谊和爱情充满渴望,然而我在跨进家门的瞬间就感觉在我到来前不久,布赖恩曾来过这里。其实除了感觉,并没有什么过硬的证据,只是捕风捉影,像什么床的摆法不对劲,盥洗室里的气味有些异样,托盘上的威士忌细颈瓶的位置有些不同等等。当我痛苦地来来回回从这个房间走到那个房间时,海伦装作没有看见我,装作没听见我在盥洗室里的啜泣声。有人可能会问,我为什么不把司机解雇了。回答很简单。我害怕如果布赖恩走了，海伦会跟着他走。我从不在司机面前流露自己的感情。我想依然对他发号施令，然后他开车送我，保持着平常总带着的那种面无表情的顺从态度。我从他的举止中观察不出什么异常，尽管我不愿过度密切地关注他。我相信他决不知道我已经知道了，这点至少给了我一种我在操控他的幻觉。

　　然而这些只是虚无缥缈和显而易见的狡猾。从本质上讲，我是个正在分崩离析的人，我面临精神的崩溃。我听电话的时候就会睡着。我的头发开始自动从头皮上脱落。我的嘴里满是溃疡，我呼出的气息透着腐烂尸体的恶臭味儿。我发现我说话时生意上的朋友都要后退一步。我的肛门里长了个恶性疖子。我的体重在减轻。我开始明白，应对海伦的那种默默等待的策略完全是徒劳。事实上，我们两人的局面已经没什么药可救的了。如果我在家，她就整天坐在椅子里。有时她会在那儿坐上一夜。许多时候我大清早就得离开家，扔下她坐在椅子里凝视着地毯上的图案，我很晚回家时她还在那儿坐着。老天知道，我很想帮帮她。我爱她。可是除非先得到她的帮助，否则我什么都不能干。

我被锁在自己思想的悲惨的地牢里,而且这个局面好像让人绝望透顶。我曾经是个匆匆经过橱窗,随随便便朝里看上一眼的过客,现在却变成一个口冒臭气、长着疖子和口腔溃疡的家伙。我的精神正在崩溃。

经历了这场噩梦后的第三个星期,在貌似没有什么别的事可做的时候,我打破了沉默。得失在此一举了。整个那一天,我在海德公园走来走去,召唤着自己仅剩的理性的碎片,呼唤着自己的意志力,酝酿着我决心面对当天晚上即将发生的冲突的温和心情。我喝了不到三分之一瓶的威士忌,快七点钟时蹑手蹑脚地朝海伦的卧室走去,过去的两天她一直躺在那里。我轻轻地敲了敲门,没有听到应答后就走了进去。她全身穿得严严实实地躺在床上,双臂放在身体的两侧。她穿了件淡白色的棉罩衫。她的两腿分得很开,头斜靠着枕头。我站到她面前时,她眼中几乎没有流露出一丝认识我的光彩。我的心在咚咚地狂跳着,我呼出的臭气像毒雾般弥漫在整个房间。"海伦,"我说,不得不停下来清清喉咙。"海伦,我们不能继续这样下去。我们该到谈谈的时候了。"接着,我没有给她回答的机会,就把一切都跟她说了。我告诉她我知道她的奸情。我还告诉她我生了疖子的事。我跪在她身边。"海伦，"我喊道，"这事对我俩都太重要了。我们必须拼命挽救它。"海伦没有作声。我闭上双眼，觉得看到灵魂在逐渐离开我，穿过一片辽阔的黑色虚空，最后化作一片耀眼的红光。我向上望去，我盯着她的眼睛，从那里看到的只是无动于衷、赤裸裸的轻蔑。一切都完了，在那个神志迷狂的瞬间我萌生出两个残忍又互有关联的欲望。先强奸，然后再毁了她。我出其不意地伸出手，把她的罩衫从身上撕了个干干净净。她里面什么也没穿。趁着她来不及喘气，我已经爬到她身上，我已经插了进去，在她的身体深处乱撞着，同时用右手锁住她柔嫩洁白的喉咙。我用左手拿起枕头捂住她的脸。

她死的时候我到了高潮。我想自豪地说的就是这些了。我知道她的死对她来说不过是高度愉悦的刹那。我听到她透过枕头发出的喊叫。我不想渲染自己的快感惹你烦恼。那是一场重生。此刻她已经躺在我的怀里死了。几分钟后，我才领悟到自己的行为何其残暴。我亲爱的、甜美的、温柔的海伦躺在我怀里死了，可怜地、赤裸裸地死了。我昏了过去。好像几个小时后我才醒来，看到了那具尸体，来不及转过头去就在她身上呕吐起来。我像个梦游者般飘

112

进厨房,直接走向乌特里略的那幅画,把它撕成碎片。我把罗丹雕塑的仿制品扔进垃圾箱。现在,我像个赤身裸体的疯子,从一个房间跑到另一个房间,只要看到我能握得住的东西就摧毁。我只是在想要喝完那瓶威士忌时才停停手。弗美尔、布莱克、理查德·戴达、保尔·纳什、罗思克,这些人的作品,我又是撕,又是踩,又是砸,又是踢,又是啐唾沫,还往上面撒尿……噢,我宝贵的财富……噢,我珍贵的……我跳啊,唱啊,笑啊……我一直哭泣到深夜。

床笫之间

　　那天晚上,斯蒂芬·库克梦遗了,这可是多年来的第一次。他醒来后躺在床上,把手搁在脑袋后面,可是梦境的余影早已消失在黑暗中,流出来的那东西奇怪地横淌在瘦削的脊背上,现在早已冰凉。他平静地躺着,直到灯光变成蓝灰色,最后起来去洗了个澡。他在浴室里又躺了很长时间,昏昏沉沉地盯着水中亮晃晃的身体。

　　前一天斯蒂芬约妻子在一家发着荧光的咖啡店见面,店里摆着红色福米加塑料贴面的桌子。他到咖啡店时已经五点钟,天差不多黑了。不出所料,又是他先到。女招待是个意大利女孩,年龄也许只有九到十岁。她的眼睛对成年人的关注还显得笨拙和迟钝。她费劲地在记事本上写了两遍"咖啡",然后把那页纸撕成两半,小心地把其中一半搁在他的桌上,脸朝下低着。接着这女孩慢腾腾地走过去操作

114

那台巨大闪光的加吉亚咖啡机。咖啡店里只有他一个客人。

妻子从外面的人行道上打量着他。她不喜欢廉价咖啡店,进来之前需要搞清楚丈夫是否在里面。

斯蒂芬在座位上转过身从那孩子手中接咖啡的时候发现了妻子。她站在他的肩膀投下的影子背后,样子像个幽灵,半藏在街对面的一家店门口。毫无疑问,她觉得斯蒂芬在明亮的咖啡店看不见外面黑暗中的人。为了让她确信,斯蒂芬活动了下椅子,让她对自己脸庞的全貌看得更清楚。他搅拌着咖啡,看着出神地靠在柜台上的女招待,这时从她鼻孔里扯出一条长长的银线。那条银线突然断了,落在她的食指根上,像一颗无色的珍珠。女孩飞快地瞥了眼,把它抹在大腿上,那东西就这样漂亮地消失了。

妻子进来时起初并没有看他,直接走到柜台前,从女孩那儿要了杯咖啡,自己端到桌上。

"我以为,"她剥开糖嘘了口气说,"你不会挑这种地方。"他放肆地笑了,一口把咖啡灌进嘴里。她小心地噘着嘴嘬完自己的咖啡。她从包里拿出一面小镜子,取出几张薄纸。她擦了擦红嘴唇,又擦掉一颗门牙上的红色污迹。

115

她把纸揉成一团扔到盘子里,然后啪地一下扣上包。斯蒂芬看着纸巾吸入咖啡污水,变成灰色。他说:"你还有多余的纸能给我用用吗?"妻子递给他两张。

"你不会哭吧?"在类似的一次约会中,斯蒂芬就哭过。他笑了。我真想朝自己的鼻子给上一拳。那个意大利女孩在他们附近的一张桌子旁边坐着,面前铺着几页纸。她望了他们一眼,然后向前倾过去,直到鼻子离桌面就差几英寸时才打住。她开始填起数字表来。斯蒂芬嘴里咕哝着说:"她在算账。"

妻子轻声说:"这是不允许的,这么大点个孩子。"他们发觉各自的看法鲜有一致,于是也就不看对方的脸了。

"米兰达怎么样?"斯蒂芬终于问道。

"她很好。"

"星期天我想过去看看她。"

"如果你愿意的话。"

"另外还有个事……"斯蒂芬盯着那女孩,这时她晃荡着双腿,恍若做梦。没准她正在听着。

"嗯?"

"还有个事儿,就是假期开始后我想让米兰达过来跟我

116

住几天。"

"她不会去的。"

"我希望她自己亲口说。"

"她不会亲口对你说的。如果你非要问她,那会让她感到内疚的。"他摊开手使劲敲了下桌子。

"听着!"他几乎是在喊叫了。那女孩抬起头,斯蒂芬感觉到她有责备的意思。"听着。"他又轻声细语地说。"星期天我要亲口对她讲,让她自己决定好了。"

"她不会去。"妻子说着再次啪地一下扣上包,好像他们的女儿就蜷缩在包里躺着。两人同时站起来。那女孩也站了起来,走过来接斯蒂芬给的钱,也不确认就收下一大笔小费。到了咖啡店外面,斯蒂芬说:"那就星期天见吧。"可是妻子早已走远,听不着了。

那天晚上,他梦遗了。梦中出现了咖啡店、那女孩和咖啡机。最后梦境在突如其来的强烈快感中结束了,但刹那间所有细节全都回想不起了。他洗完热水澡出来时感觉有些晕眩,心想这已经到了幻觉的边缘。他坐在浴池边上稳住自己,等着幻觉慢慢消失,物体之间的空间出现了某种弯曲。他穿好衣服来到外面,走进树木行将枯死的小花园。这是他跟广场别的居民共用的地方。现在是七点钟,德里克,这位自封的花园管理员跪在一把条椅旁边,一只手握着油漆刮刀,另一只手拿着盛着透明液体的瓶子。

"鸽子屎,"德里克冲斯蒂芬吼着说,"到处都是鸽子屎,人都没法坐。没法坐。"斯蒂芬站在老人身后,手深深地插在裤兜里,看着他对付灰白色的污点。他感觉舒服了些。绕着花园边沿有一条窄窄的小道,已经被每天川流不息的遛狗的人们、苦思冥想的作家、婚姻出现危机的夫妇磨得生硬了。

此刻,斯蒂芬在那里散步时像往常一样想起女儿米兰达。星期天她就要十四岁了,今天他得给孩子买件礼物。两个月前,女儿给他来过一封信:"亲爱的爸爸,你自己照顾得还好吗? 能否给我二十五元钱买台录音机吗? 衷心爱你的米兰达。"他立即回了封信,可是信刚出手就后悔了。"亲爱的米兰达,我自己照顾得挺好,但还没有好到遵守……等等。"他写了妻子收。在邮件分拣处,他给一个同情心尚未泯灭的工作人员讲了后,这人拽着他的胳膊肘走到一边。你想收回那封信吗? 请到这边来。他们穿过一道玻璃门,走到一个小阳台上。那位善良的工作人员伸手指着眼前的壮观景象,足有两英亩的地上挤满了男男女女、机器和活动传输带。瞧,你现在要我们从哪儿着手找呢?

他第三次回到出发地时,发现德里克已经走了。条椅收拾得干干净净,散发出沁人心脾的味道。他坐下来。他用挂号信给米兰达寄了三十镑,三张崭新的十镑的纸币。额外的五镑如此清楚地透露出他的内疚感。他花了两天的时间给女儿写了封信。没有谈到什么特别的,有一搭没一搭,多愁善感:"亲爱的米兰达,前天我从收音机上听了几段流行音乐。对那些歌词我不禁感到纳闷……"对这么一封信,他不指望能收到回信。可是大约十天后,回信来了。"亲爱的爸爸,感谢你寄来钱,我买了一台姆斯威克斯牌录音机,跟我朋友查米尔的一样。衷心爱你的米兰达,又及:它是双喇叭的。"

他回屋里煮了杯咖啡,端着咖啡走进书房,然后陷入一种轻微的陶醉状态,这可以让他连续工作三个半小时。他重温了一本论述维多利亚时代人们对月经的态度的小册子,又写了三页他正在创作的短篇小说,又写了几行随记。他在打字机上打道:"夜间喷射犹如一个老人临终的喘息。"

接着又删掉。他从抽屉里取出一本厚厚的记录本,翻到记账栏写道:"评论……1 500字。短篇小说……1 020字。日记……60字。"他从一个标着"钢笔"的盒子里取出一支红色圆珠笔,在日期下面画了道线,然后合上本子,放回抽屉。他换下打字机上的防尘罩,把电话放回座架,把咖啡用具收拾到托盘里,再拿出去,锁上书房的门,于是早上的功课告一段落,这是他二十三年来不变的习惯。

他在牛津街来来回回给女儿搜寻生日礼物。他买了条牛仔裤,一双暗示星条旗的帆布彩色跑鞋。他还买了三件印着有趣广告词的彩色T恤衫:我的心在下雨,依然处女,俄亥俄州立大学。他还从街上一个女人手里买了颗香丸、一副游戏骰子和一条塑料珠项链。他又买了本关于女英雄的书,一个带镜子的游戏玩具、一张五英镑的唱片、一条丝巾和一只玻璃小马。那条丝巾让他想起内衣,于是下决心又去了趟商店。

散发着色情意味、柔滑的静谧气息的女用内衣部在他心中激起一股禁忌的感觉,他多想找个地方躲起来。他在百货店门口犹豫了会儿,最后还是掉头回来了。他在另一楼层买了瓶科隆香水,然后怀着阴郁的兴奋感回到家里。

他把这些礼物摆在厨房的桌上,厌恶地检查了遍,东西多得简直病态和掉价。他在厨房桌前站了会儿,反复盯着每一件东西,试图回想当初买这些东西时为什么那么确定。他把纪念唱片放在一边,把别的东西一把揽进提包里,扔进过道的橱柜。接着,他脱掉鞋袜,在没有收拾的床上躺下来,用手指探查着床单上已经凝结的无色斑块,然后一直睡到天黑。

米兰达·库克摊开胳膊,裸露着腰横躺在自己的床上,脸深深地埋在枕头里,枕头深深地埋在她黄色的头发下面。床边一把椅子上一台粉红色的晶体管收音机里循环播放着排行前二十的歌曲。午后的阳光从合拢的窗帘里透进来,给房间投射下热带水族馆才有的那种墨绿色。米兰达的朋友小查米尔斜坐在米兰达的屁股旁边,瘦瘦的查米尔伸出指甲在米兰达苍白光洁的脊背上来回挠着。

查米尔也光着腰,时间仿佛凝滞不动。在梳妆镜边缘,摆放着米兰达童年时用过的废弃玩偶,她们的脚被各种化妆品的瓶子和管子遮住了,她们的手永远吃惊地举着。查米尔慢慢停止了抚摸,她的手停在朋友瘦小的脊背上。她

盯着前面的墙,心不在焉地扭了扭身子,听着收音机里
的歌。

> 他们全都关在儿童室
>
> 头戴耳机,脖子脏脏
>
> 他们可太二十世纪了

"我不知道这首歌也在里面,"她说。米兰达扭过脑袋,
在头发下面说;

"这是翻唱,"她解释说,"滚石乐队以前老爱唱这
首歌。"

> 难道你不觉得被窝里
>
> 有个地方为你准备着?

这首歌唱完后,米兰达生气地说 DJ 是歇斯底里的老
一套。"你手停了,干吗停下来啊?"

"我已经挠了几辈子啦。"

"你说我过生日要挠半小时。你答应过的。"查米尔又

开始挠了。米兰达完全像个心安理得的享受者般叹着气，嘴唇贴在枕头上。房间外面车辆舒缓地喧嚣着，一辆救护车的鸣叫声升起又落下，一只鸟儿唱起歌来，时断时续。楼下响起了钟声，随后传来人语声，反复叫嚷着，接着又一声鸣笛传来，这次比较遥远……遥远得仿佛来自时间早已停滞的水中阴暗之地，在那里，查米尔伸出手指轻轻地为朋友的生日挠着脊背。米兰达心烦意乱地说："我感觉妈妈在喊我，一定是爸爸来了。"

当斯蒂芬按响这个自己生活了十六年的屋子的大门门铃时，满以为女儿会来开门，往常总是她来。然而这次来的却是妻子。她有这个便利，只要走下三级水泥台阶就可以了。她居高临下地看着斯蒂芬，等着他开口。斯蒂芬对妻子的到来完全猝不及防。

"这个……这个，米兰达在家吗?"斯蒂芬终于说出话来。"我来得有点晚了，"他又补了一句，乘机走上台阶，最后一瞬间，妻子让到旁边，把门稍微打开点。

"她在楼上。"斯蒂芬试图不去触碰她想从门里挤进去的时候，妻子冷冷地说。"我们到大屋子里去吧。"斯蒂芬跟随她走进那间舒适、不曾改变的房间。他离开后丢下的书从地板摞到了天花板。他的那台大钢琴上罩着个帆布套,摆在角落里。斯蒂芬顺着钢琴弯曲的边沿摸了摸,他指着那些书说:"我得把它们从这儿拿走。"

"找个你合适的时间吧。"妻子给斯蒂芬倒着雪利酒说,"不要着急。"斯蒂芬在钢琴边坐下,揭开罩子。"现在你们谁还弹呢?"她端着斯蒂芬的杯子穿过屋子,站在他后面。

"我哪有时间啊。米兰达已经不感兴趣了。"斯蒂芬把手按在一个柔软的大键上,然后抬起手,听着琴音慢慢消失。

"看来音调还不错吧?"

"还可以。"斯蒂芬又弹了几个和音,接着即兴弹了曲,差不多是首完整的曲子。他可以兴奋得忘了自己此行的本意,无所事事地弹上个把小时的钢琴。

"我已经快一年多没弹过了,"他略带解释的口气说。妻子已经走到门口准备叫米兰达了,她只好抑制住就要喊出口的话说:

"真的吗? 我听着还很不错。米兰达,"她说,"米兰达,米兰达。"她的声音由高到低,出现了三种调子,第三声比第一声要高,带着探询的故意拖长的余音。斯蒂芬又把这三

124

个音符的调子弹了遍,妻子突然中断喊叫了。她犀利地盯着斯蒂芬这边。"太聪明了。"

"你知道吗,你的声音有种动听的乐感。"斯蒂芬说,并没有讽刺意味。她往屋里走过来点儿,"你还想让米兰达跟你一起住吗?"斯蒂芬合上琴盖,他不打算对抗。

"你一直在做她的说服工作吗?"妻子抱起胳臂。

"她不想跟你去。无论如何不想一个人去。"

"公寓里也没你住的房间啊。"

"谢谢上帝没有。"斯蒂芬站起来,像个印第安头领般举起手来。

"算了,"他说,"算了。"妻子点点头,回到门口,语调平缓地喊他们的女儿,那种调子绝难模仿,接着她平静地说,"我是说查米尔,米兰达的朋友。"

"她长什么样?"

妻子犹豫了一下,"她在楼上,你会看到的。"

"噢……"

他们默默地坐着。斯蒂芬听到楼上传来咯咯咯的声音,熟悉、遥远的管道的嗞嗞声,卧室门打开又关上。他从架子上挑出一本关于梦的书,用手指翻着读起来。他意识

125

到妻子正在走出房间,但他并没有抬起头。落日照亮了整个屋子。"梦遗说明整个梦带有性的特质。无论内容多么晦涩和荒诞不经。梦遗的高潮也许透露出做梦人的欲望目标和他的内在冲突。极度的兴奋是不会撒谎的。"

"你好,爸爸,"米兰达说。"这是我的朋友查米尔。"斯蒂芬眼睛都亮了,起先他还以为她们握着手,像母亲和孩子般并排站在他面前。橘黄色的落日从后面映衬出她们的样子,等待着接受欢迎。她们刚刚发出的笑声似乎隐藏在沉默中。斯蒂芬站起来抱住女儿。感觉她碰上去有些不同了,可能更加有劲了。她身上的气味也很陌生。她终于有了无需向任何人解释的私生活了。她光洁的胳臂很热。

"生日快乐,"斯蒂芬说,当他搂着女儿准备跟旁边的小不点打招呼时还闭着眼睛。他转过身微笑着,事实上几乎是跪在那个小女孩前面的地毯上去握她的手。这个像玩具娃娃似的孩子站在女儿旁边,还不足 3.6 英尺高,那张木呆呆的大脸一动不动地望着他笑。

"我读过你的书。"这是查米尔第一句冷静发言。斯蒂芬坐到椅子里。两个女孩子还站在他面前,仿佛想接受描述和比较似的。米兰达的 T 恤衫离腰还有几寸,那对正在

126

发育的乳房顶起撑着衣服边,亮出了肚子。她保护性地把手搭在朋友的肩膀上。

"真的吗?"斯蒂芬稍顿片刻说,"哪一本?"

"讲进化论的那本。"

"噢……"斯蒂芬从他的衣服口袋里取出装着纪念唱片的信封递给米兰达。"不太贵,"他说,想起那满满一书包的礼物。米兰达回去坐到一把椅子里打开信封。那个小不点还站在斯蒂芬面前,定定地打量着他,手指捻着自己孩子气的衣服边。

"米兰达给我讲了许多你的事,"她很有礼貌地说。米兰达抬起头笑着说:

"我可没有,"她替自己辩护。查米尔继续说:

"她为你感到很自豪。"米兰达的脸一下子红了。斯蒂芬拿不定查米尔有多大。

"我远没有她说的那么好。"斯蒂芬开口说话了,然后指着屋子暗示他的家庭状况。小女孩耐心地盯着他的眼睛,他感觉刹那间快要把全部都坦白出来了。我在婚姻方面从来就没有令妻子满意,你瞧。她的高潮真让人恐怖。米兰达看到了自己的礼物。她轻轻地叫了声,从椅子上坐起来,

127

双手捧住斯蒂芬的脑袋弯下身子吻了吻他的耳朵。

"谢谢你。"米兰达嘟嘟囔囔地说,声音热烈又响亮。
"谢谢你,谢谢你。"查米尔又往跟前走了几步,快要站在斯蒂芬分开的两膝之间了。米兰达坐在他的椅子扶手上。天渐渐黑了。他从脖颈那儿能感觉到米兰达的身子暖烘烘的。她朝下溜了点,把头靠在斯蒂芬的肩膀上。查米尔有些焦躁不安。米兰达说:"你过来我真高兴。"然后收起膝盖让自己的身子变得更小。斯蒂芬听到外面的妻子从一个房间走到另一个房间。斯蒂芬抬起胳臂搂住女儿的肩膀,小心地不要碰着她的乳房,往紧里搂过来。

"放假后你愿意跟我一起住吗?"

"查米尔也要……"她说得很孩子气,可是把语调精心地调整在介于探询和约定之间。

"查米尔也去。"斯蒂芬答应道。"如果她愿意去的话。"查米尔垂下眼睛终于不凝视了,严肃地说:"谢谢你。"

接下来的一星期,斯蒂芬做了许多准备。他把自己唯一的一间空屋子打扫了一遍,把窗户擦干净,挂了条新窗帘。他还租了台电视机。早晨,他在习惯性的麻木状态中工作一阵子,然后记下自己的成绩。最后,他使劲回想,记下依稀能回忆起来的梦境。细节似乎在令人满意地逐渐浮现出来。妻子在咖啡店里。他在为妻子买咖啡。一个年轻女孩端着一只杯子伸到咖啡机前。可是现在他变成了那台机器，他在往那只杯子里灌注着液体。这个情节清晰神秘地出现在他的日记里，此刻让他的焦灼减轻了许多。他关心的是这东西具有某种潜在的文学价值。这个情节还需要赋予血肉，使其更加丰满，而且也因为他想不起更多的东西来，还得虚构别的出来。斯蒂芬想到了查米尔，想到她那么瘦小。他仔细检查了一番围着餐厅桌子摆成一圈的椅子。婴儿用的椅子对她来说都嫌高。他在一家百货店里仔细挑选了两只坐垫。他抑制住给这两个女孩买礼物的冲动，他表示怀疑。但还是想给她们做点什么。能做什么呢？他把厨房污水槽下面的陈年脏垢掏出来，冲掉灯具上的死蝇和蜘蛛，用开水煮泡了一番发着恶臭的抹布。他还买了把盥洗间用的刷子，好好地把已经结了硬皮的马桶刮擦了一遍。她们是不会注意到这些东西的。难道他真成老白痴了吗？

他在电话里对妻子说：

"你从来没说起过查米尔。"

"没有，"她说。"都是最近的事。"

"哦,"他继续挣扎,"你觉得这事儿怎么样?"

"照我看挺好的,"她轻松地说。"她们是好朋友。"斯蒂芬觉得她是在试探。她讨厌斯蒂芬的这种恐惧和消极心态,讨厌他在被窝里浪费掉大好光阴。婚后过了好多年她才说出这句话。他创作中进行的实验,在生活中完全没有体验过。她恨斯蒂芬。现在她已经有了一个情人,一个很壮实的情人。而他还说,我们可爱的女儿在跟一个属于马戏团或者挂着丝绒的妓院端茶阶层的人交朋友,这合适吗?我们长着亚麻色头发、身材完美无缺的女儿,我们温柔的小花蕾,难道这还不反常吗?

"她们打算星期四晚上过来。"妻子说,语气中带着要挂了电话的意思。

斯蒂芬去开门的时候,先是只看见查米尔,接着他才从过道昏暗的灯光射出的光圈里辨认出米兰达,她吃力地拖着两件套行李箱。查米尔双手贴着屁股站在那里,沉甸甸的脑袋微微侧向一边。米兰达不打招呼就说:"我们打车来的,他在楼下等着呢。"

斯蒂芬吻了下女儿,帮她把箱子提进去,然后下楼去付

130

出租车的钱。他爬上两层高的楼梯回来时稍微有些气喘，公寓的前门已经关了。他敲门后只好等着。来开门的是查米尔，堵住他的去路。

"你不能进来，"她严肃地说。"你得再待会儿才可以进来。"她说着做出要关门的样子。斯蒂芬从鼻子里发出一阵笑声，根本就不相信。他扑上前去从胳臂底下抓住查米尔，把她从地上举到空中。与此同时，斯蒂芬一步跨进屋子用脚把门关上。他本来想把查米尔像个孩子般抛向空中，可是她很沉，沉得跟成年人一样。她的脚离开地面只有几英寸，他只能举到这个程度。查米尔用拳头使劲着他的手，嘴里不停地大喊大叫。

"放我……"查米尔说的最后一个词被房门的碰撞声截断了。斯蒂芬迅速放下她。"……下来。"她轻声说。他们站在明亮的过道里，两个人都微微喘着气。斯蒂芬第一次看清查米尔的脸。她的脑袋长得像颗子弹，显得很笨重。她的下嘴唇永远向外绷着。她已经开始露出双下巴了，鼻子有点扁，上唇有层隐隐约约的灰色绒毛。她的脖子又粗又壮，眼睛很大很平静，分得开开的，颜色是狗眼般的棕色。如果不是那双眼睛，她长得不算丑。米兰达站在长长的客厅尽头。她穿着故意弄成泛白色的牛仔裤和黄衬衣。她扎着辫子,发根用一条蓝色斜纹布束着。她走过来站到朋友身边。

"查米尔不喜欢别人抛她。"米兰达解释说。斯蒂芬带她们朝客厅走去。

"对不起,"他对查米尔说,然后拍了下她的肩膀。"我不知道。"

"我在门口只是想开个玩笑,"她心平气和地说。

"当然了。"斯蒂芬连忙说。"我想不出还会怎么样。"

晚餐是斯蒂芬从当地一家意大利餐厅买来现成的。吃饭的时候,两个女孩子给他讲了些学校的事儿。斯蒂芬允许她们喝一点点葡萄酒,她们不停地笑,打打闹闹时还互相抓住对方。她们互相回忆着讲了个校长偷看女孩儿裙子的故事。斯蒂芬想起自己上学时的轶事,那恐怕早已属于另一代人的故事了,可他讲得绘声绘色,两个孩子开心地笑个不停。两人越来越激动。她们还想要葡萄酒,斯蒂芬说只许来一杯。

查米尔和米兰达说她们去洗碟子。斯蒂芬手里拿着大瓶白兰地酒,手脚摊开,在扶手椅里躺着,听着她们模模糊糊的声音和碗碟碰撞的居家的声音感到很舒服。这是他生活的地方，这是他的家。米兰达给他端来咖啡。她把咖啡放在桌上，模仿女招待彬彬有礼的声音说：

"要咖啡吗，先生?"她说。斯蒂芬在椅子里动了动，米兰达紧挨着他坐下。她轻松地在女人和孩子之间来回变换着角色。她还像从前那样抬起腿压到庞大而又松松垮垮的父亲身上。她已经松开发辫，头发散落到斯蒂芬的胸脯上，在电灯下闪着金光。

"你在学校有男朋友了吗?"斯蒂芬问。

米兰达摇了摇头，把头靠在他的肩膀上。

"找不到吗?"斯蒂芬追问。她忽然坐起来，把头发一甩，亮出脸来。

"男孩子多得成堆。"她生气地说，"多得成堆，可是个个都蠢得要命，又喜欢炫耀。"斯蒂芬觉得妻子和女儿从来没有如此相像过。她盯着斯蒂芬。米兰达把他也纳入学校男生的行列了。"他们老是弄这弄那的。"

"都弄些什么?"米兰达不耐烦地摇摇头。

"我不知道……那种整理头发和屈膝的样子。"

"屈膝?"

"对。他们觉得你在看的时候就这样。他们总是站在我们的窗前,偷看我们时假装在整理头发,装模作样的。"她从椅子里蹦起来,站在屋子中间弯着腰面对穿衣镜,腰弯得像歌手对着麦克风般,头发怪里怪气地翘起来,然后又长时间仔细地抚弄着自己的头发。她往后退了点,捋了捋头发又梳起来。这是一种疯狂的模仿。查米尔也看着。她一手一杯咖啡站在那里。

"你怎么样,查米尔,"斯蒂芬漫不经心地说,"有男朋友了吗?"查米尔把咖啡放下。"当然没有。"接着又抬起头对着他们微笑,脸上带着一个聪明的老女人才会有的那种宽容忍耐的表情。

后来,斯蒂芬领她们去看了卧室。

"这儿只有一张床。"他说。"我想你们不介意共用吧?"床很大,7英尺见方,这是婚姻带给他的为数不多的几件大家伙之一。床单是深红色的,显得很陈旧,而那个时代,所有的床单都是白色的。如今他已不在乎谁在这样的被子里睡觉。这些东西属于婚礼赠品。查米尔横躺在床上,她占的空间几乎还没一个枕头大。斯蒂芬对她们说了声晚安。

米兰达跟着他走进客厅,踮起脚尖吻了下他的脸。

"你不是那种装模作样的人。"米兰达轻声说着向他依偎过去。斯蒂芬一动不动站着。"我多么希望你能回家呀。"她说。斯蒂芬吻了吻她的头顶。

"这里就是家,"他说。"你现在有两个家了。"他推开米兰达,带她回到卧室门口。他握了握米兰达的手。"早上见。"他轻声说,扔下米兰达匆匆走进自己的书房。他坐下来,被自己的勃起吓坏了,感觉很亢奋。十分钟过去了。他想自己应该清醒、理智,这可是件严肃的事情。他想唱歌,他想弹钢琴,他想出去散步。可他什么行动都没有付诸实施。他安静地坐着,凝视着前方,什么具体的事情都没有想,就那么等待着兴奋的激灵从腹部消失。

等兴奋感消失后他才上了床。睡得很不好。好几个小时都在想自己还醒着,这让他痛苦不堪。他从时断时续的噩梦中完全醒过来,然后又陷入无边的黑暗。这时他仿佛觉得有一阵子始终在听着某种声音。他想不起来是什么声音,只知道不喜欢那种声音。现在安静下来了。黑暗在耳边嘘嘘作响。他想解手。那么一瞬间他又害怕离开床。这时过去偶尔一现觉得自己必死的感觉又袭来,犹如病态的顿悟,并非害怕死,而是害怕此时此刻,3:15 分死去,被单拉到脖子周围静静地躺着,像所有垂死的动物那样。他想去解手。他把灯打开,走进卫生间。那东西捏在手里显得很小,呈栗褐色,也许是寒冷,也许是恐惧,皱成一团。他为那小东西感到难过。解手的时候尿水分成两股。他把包皮往上拉些,尿水汇成一条线。他也为自己感到难过。他回到过道,关上卫生间的门,冲水声立刻封在里面。他又听到了那声音,在梦中听到的声音。这声音那么容易被忘记,又如此熟悉。只有此刻,当他小心翼翼地走进过道,才明白那是别的所有声音的背景音,是所有焦虑的框架,是妻子处于或者临近性高潮时发出的声音。他在距离那两个女孩的卧室有几码远的地方站住。那是一种透过一声粗粝的狂咳发出的低低的呻吟声,不知不觉中通过某种破音提高调门,结束时又落下来,虽然降低了,但没有降低太多,甚至比起始音还要高。他不敢靠近卧室门。他使劲听着。这声音结束后,他听到床吱呀地响了,一阵脚步声穿过地板。他看见门把手转动了。仿佛是做梦,他什么都没问。他甚至忘了自己还赤身裸体,什么都没去想。

米兰达在亮光中揉着眼睛。她的黄头发蓬蓬松松地披散着,白色棉布睡衣垂到脚踝,皱褶把身体的曲线完全掩藏住。说她现在有多大年龄都有可能。她双臂抱在胸前,爸爸站在她面前,一动不动,体积异常庞大,一只脚在另一只的前面,好像走了半步后凝固住了,手臂软塌塌地垂在体侧,裸露的黑色体毛,皱巴巴、栗褐色、赤裸的家伙,就那么暴露着。你可以说她是孩子,也可以说她是个女人,说她多大年龄都可以。她朝前走了一小步。

"爸爸,"米兰达哼哼着说,"我睡不着。"米兰达握住他的手。斯蒂芬领着她走进卧室。查米尔远远地缩在床的另一侧,背对着他们。查米尔醒着吗,她真的天真无邪吗? 斯蒂芬把被子拉过来,米兰达爬进被窝。斯蒂芬把她往里推了把,自己顺着床边坐下。米兰达整了整头发。

"有时候,我半夜醒来会觉得很害怕,"米兰达说。

"我也是,"斯蒂芬轻轻地吻了下她的嘴唇。

"其实没有什么可怕的,有吗?"

"没有。"斯蒂芬说,"什么都没有。"米兰达朝深红色的被窝里溜进去,盯着他的脸。

"给我讲点什么吧,讲点什么让我睡着吧。"

斯蒂芬看着那边的查米尔。

"明天你可以看看客厅的橱柜。那里放着满满一书包礼物。"

"查米尔也有吗？"

"有。"他借着从客厅透进的光仔细端详着米兰达的脸。他开始感觉冷了。"我为你生日买的。"他又补充了一句。可米兰达已经睡着了，不过仍然面带微笑。斯蒂芬看着她翻转过来的脖颈的苍白色，想起自己的少年时代，在某个明媚的早晨，看到一片令人心醉的白雪覆盖的田野，他一个八岁的小男孩，不敢留下脚印玷污那片白雪。

来　回

　　里奇伸出紧绷的双腿,直到因为使劲太大开始颤抖了才收回去。他十指交叉搁在脑后,把关节弄得像裂断了般嘎嘎响,冲着不远处假装看到的某个东西故意发出猥亵的咯咯咯的笑声,同时用胳臂肘在脑后轻轻地捣了捣我。看上去好像结束了,你说呢?

　　这是真的吗? 我在黑暗中躺着。是真的,我想那古老的"来回"晃着她进入梦乡。这古老的"来回"不会结束,暂时的终止悄然而至,像睡眠般不被觉察到。起来又落下,起来又落下,起来又落下,在落下和起来之间是那段危险的沉默的间隙,是她要继续下去的决定。

　　天空呈混沌的苍黄色,运河的臭味因为距离遥远被减弱了,变成甜熟的樱桃的气味,有种盘旋的机群透出的阴郁。办公室里别的人在剪当天的报纸,这是他们的工作。把各种栏目粘贴到索引卡片上。

如果我能在黑暗中躺下,就会看到颧骨脆弱的突起部分暗淡的皮肤,在黑暗中雕琢出狗腿的形状。深陷的双眼睁得大大的,却看不见东西。从差不多半张的嘴唇里透出牙齿和口水的一星闪光,那圈浓密的头发比四周的夜色还要漆黑。有时我盯着她,心想谁会先死去,谁会先死去,你还是我? 那巨大的寂静沉甸甸的重量,再有多少个小时就会压过来?

里奇。我看见里奇在同一条走廊上跟主管频繁地商量事情。我看见了他们,两个人一起在长长的没有门的走廊上踱着步。主管走路时身体笔挺,双手深深地插在衣兜里,里面的小东西丁当作响。里奇俯首听命地躬着身子,脑袋拧到自己上司脖子那个方向,双手在身后扣着,一只手的指头绕在另一只手的腕子上转着,仔细测着自己的脉搏。我看到的都是主管看到的,我们的形象重叠在一起了——里

奇和这个人；拧转明亮的金属环，他们蹦跳开来，一个站着，
一个坐着，两个人都摆起姿势来。

　　牙齿上某块地方口水闪闪发亮。听着她的呼吸，富有
节奏的咆哮和窒息，熟睡的气息，现在已经不是她了。一个
动物穿越黑夜需要循着另一个的踪迹。黑洞洞毛茸茸的睡
眠窒息了来自一根低树枝上的快感，那棵古老的树嘎嘎响
着，消失了，记忆，听着她……屋里弥漫着甜丝丝的味道。
古老的温柔的"来回"晃得她快要睡着了。你还记得那片小
树林吗？长满了瘤结的畸形的树，掉光了叶子的枝桠和嫩
条交错连接成一片树篷，我们在那里会发现什么？我们会
看到什么？噢……那保持清醒的微不足道的病态的英雄主
义，那比周围的冰还要大的北极的洞穴在扩张着，大得难以
名状，囊括了目力所能抵达的极限。我躺在黑暗中朝里看
着，我躺在这个洞穴的里面，向外凝视着。另一个房间传出
她的一个孩子熟睡中发出的哭叫声，一头熊！

　　首先是里奇过来了，在某个早晨快要结束的时候，谈不
上首先，我也来了，斜躺着，啜抿着，独自待着，里奇走过来，

向我打了个招呼,在我后背脖颈底下两个肩胛骨之间热情狠命地拍了一巴掌。他站在那把茶壶旁边,两腿分开,像个在公共场合撒尿的家伙,褐黄色的液体滴答滴答地流进他的杯子,他问我还记得(这次)或者(那次)谈话吗。不,不。他端着杯子走过来。不,不,我告诉他,我什么都不记得了,当他在那把长靠椅上坐下来,尽可能靠我近些,事实上却没有……变成我,我告诉他。噢,那包裹着要掩饰陌生人排泄物内核深处的皮肤散发出的刺鼻的令人痛苦的味道。他的右腿挨着我的左腿。

黎明前的寒冷时分,她的孩子们会爬上来溜进被窝,先是来一个,接着另一个也来了,有时只来一个,另一个不来,她们投进成人暖昧的温暖中,像海星般依偎在她的两侧(想起海星缠在自己待的岩石上的样子),搅动着舌头发出隐隐约约含着口水的声音。外面的大街上,急促的脚步声越来越近,然后又逐渐远去,消失在山下。我躺在这个窝的边缘,鲁宾逊·克鲁索在计划着用削得尖细的木棍打出道道篱笆,制造出只要觉察到陌生的脚步最轻微的震颤就会自动开火的枪支,希望自己的山羊和狗能够红红火火地繁殖,

142

不要找到另一窝如此宽容的动物。如果某个女儿来得早了点,她会在死寂的深夜醒来,把孩子抱回去,然后回来接着睡,蜷缩的膝盖挨着肚子。她的房间散发着熟睡的孩子甜丝丝的气息。

里奇用那种感觉有必要让别人观察的慢条斯理的动作,从胸口的衣袋里取出一支钢笔,检查了一番,然后又放回去,正当我伸手去拿因为他刚才拍了一巴掌滑到地板上的书时,他抓住我伸长的胳臂。门边有片宽敞的空间,暗示着主管,以及他可能会来。

那巨大的重量……你还记得吗,梦中人,还记得那片小树林吗,长满了瘤结的畸形的树,掉光了叶子的枝桠和嫩条交错连接成一片树篷,黑乎乎的顶层漏出的阳光照射在气味辛辣的土地上。我们踮着脚走在能够吸附一切的花草上,它的寂静衬托出我们的悄声细语,让脚下隐藏的根茎带出我们的嘶嘶声,那是一片古老而隐秘的树林。我们的前方豁然开朗,那片树篷坍塌了,好像一块沉重的东西顷刻间从天上击碎后掉了下来。那明亮的半圆形,那大枝小桠像灿烂的小瀑布般跌落在地上,而且沉积在激流的半途,被阳光照得雪白,那些枯骨在暗灰色的树林的映衬下显得格外赤裸。那是在那里栖息的某种生灵的白骨,头盖骨扁扁的,眼窝深深的,长长的弯曲的脊椎逐渐缩成纤小的原点,两边是一堆整整齐齐的别的骨头,纤纤细细的,两头的形状就像握紧的拳头。

里奇的手指像鸡爪般利索有劲。当我把胳膊撬松时,它们就下意识地缩了回去。这是个孤独的男人吗?触碰过他的手后,我感觉有什么话要急着对他说,仿佛仰面躺在被窝里、眼睛亮闪闪的情人非得要窃窃私语。我双手在自己的膝盖上抓着,望着尘土的微粒从一缕阳光中飘落下来。

有时我望着她,想着谁会先死去……面对面,在百衲被和凌乱的绒毛中缩着身子,她把双手捂在我的耳朵上,把我的脑袋捧到她的手掌里,用那幽深的黑眼睛仔细打量着我,抿嘴笑着,尽量不露出牙齿……这时我就想,是我,我会首先死去,而你会长命百岁。

里奇放下他的杯子（他把杯沿弄得多黄啊），往后一仰坐了下来，伸出紧绷的双腿，直到因为使劲太大开始颤抖了才收回去，跟我一起看着那些尘土的微粒从一缕阳光中飘落。阳光那边就是那个冰洞，靠上，靠外，我就在那个位置躺在沉睡的情人身旁，躺着凝视着里面，凝视着后面。我认出了绒毛和百衲被，铁架床的优美，里奇放下自己的杯子，往后一仰坐下来，把交叠在脑袋后面的手指弄得像断裂了般嘎嘎响，然后转了下脑袋表示想动一动，表示意识到门边有块空地，表示希望有人陪着出去溜达会儿。

一个声音打破了宁静，一朵鲜艳的红花掉在雪地上，她的一个女儿在梦中喊道，一头熊！声音和意思含糊难分。寂静，然后又传来那声音，一头熊，这次要柔和很多，带着一丝失望的降调……现在又寂静了，因为那声简洁的噪音并不存在，显得很有戏剧色彩……现在已经逐渐感觉不到了……习惯性的寂静，没有期望，那寂静的重量，在逐渐远去的橘色中出现了好多头熊明亮的余影。我看着它们走了，然后躺在熟睡的朋友身边等待着，在枕头上转过头，凝视着她睁开的双眼。

　　我终于起来,跟着里奇穿过空空荡荡的房间,沿着那道没有门的长廊走过去,我看见他经常在这里商量事情,踱步,要么身板笔直,要么弯着腰。主管和他的下属,无法把我们和我们害怕的东西分开来讲……我赶上去跟里奇并排走着,他摩挲着自己衣服的布料,手指在翻领的两侧搓摸着,这个动作慢到几乎没有发生的地步,这时他在字斟句酌地想:你觉得怎么样,我的衣服? 同时带着很难察觉的微笑。我们在走廊的某个地方停下来,面对面,下面是擦得锃亮的地板上映出的我们变形的影子。我们都看着对方的影子,但却不看自己的。

　　那圈浓密的头发比四周的夜色还要漆黑,颧骨脆弱的突起部分暗淡的皮肤,在黑暗中雕琢出狗腿的形状……是你吗? 她喃喃地说,或者是孩子们? 她眼睛所在的那块地方细微的颤动都在暗示这双眼睛是闭着的。她呼吸的节奏更加有力,那是一个熟睡的肉体即将启动的自发行为。那什么都不是,那是一场梦,黑暗中传来一个声音就像一朵红花落在雪地上……她往后掉了下去,飘到一口深井的底部,向上张望可以看到逐渐缩小的光圈,天空的轮廓被我正在察看的脑袋和遥远的肩膀的侧影弄得支离破碎。她飘了下去,可是声音却飘了上来,经过途中的她,传到我耳边时已经被回音弄得模模糊糊。她呼喊着,趁我熟睡的时候,到我里面来,进来……

我伸出同样娴熟灵巧的手指触摸着他的翻领,然后又摸摸自己的领子,各自布料的手感依然很熟悉,还有它们传递的身体的温热……甜丝丝的熟樱桃的味道,盘旋机群的忧郁;这是工作,无法把我们和我们害怕的东西分开来讲。里奇抓住我伸出的胳臂,摇晃着。睁开你的眼睛,睁开你的眼睛。你会看到那完全不是你的。衣领更宽,应我要求夹克后面开了两道衩,而且都是同样的暗蓝色,我的有些小白点,整体效果更加浅淡。听到身后传来遥远的脚步声,我们继续往前走去。

睡着了,还如此湿润?那古老的"来回"的通感,那盐水和充满芳香的货仓,有个突起的东西,它的那边,轮廓线柔

147

和地移动着,在天际线的映衬中翻滚起落着,像天空中矗立的一棵大树,像一条肉舌头。我亲吻着吸吮着她女儿们吸吮过的地方。离远点,她说,别动它。我要接近和触摸的某种动物洁白的骨头、长着深眼窝的扁扁的头盖骨,那就要消失成一个点的长长的弯曲的脊椎……饶了它吧,我伸出胳臂的时候她说。那些话里透出的恐怖不会有错,她说那是场噩梦,然后把我们的野餐食品搂到她身边——我们拥抱的时候,一只瓶子叮叮当当地撞着一只罐头。我们手拉着手跑过那片树林,出来后穿过道道斜坡,绕过朵朵金雀花,那道大峡谷就在我们下面,还有那美丽巨大的云团,那片树林就像暗淡的绿色中一块平平的伤疤。

没错,这是主管的习惯,朝办公室里面走进几英尺,站住,查看一番下属的活动。但是除了空气中有一丝紧张(空气占据的每寸空间都被压缩了)外什么变化都没有,每个人都在看着,但都没有抬头看……主管的表情沉没在被奇妙的透明的皮肤束缚住的脂肪里,而脂肪已经在颧骨边缘聚积起来,现在像道冰溜般滑下来渗进眼窝。那深陷的权威的双眼扫过房间,扫过桌子、面庞、打开的窗户,然后像缓缓旋转的瓶子般落在我身上……噢,里奇,他说。

她的房间散发着一股熟睡的孩子、在温暖中晒着太阳的猫以及某台老旧的收音机开关上温热的灰尘才会有的那股香甜味儿——那台收音机的新闻说,受伤的不多,死亡的更多?我怎么能确认地球的旋转已临近早晨?早晨,隔着空空的杯子和污迹,我会告诉她,那更像记忆而不是睡梦,我在梦中保持着清醒状态。没有什么被夸大其词,除了生理上厌恶的精确点,那些夸张不过是适度而已,所以,我会宣称,这一切不过是透过一个硕大得周围都没有冰的洞穴看到的。

窗边的搁板桌那里很清静。这是工作,谈不上开心,也谈不上不开心,慢慢筛选返回的剪报,这是工作,寻找与归档系统相匹配的类别。天空呈混沌的苍黄色,运河的臭味因为距离遥远被减弱了,变成甜熟的樱桃的气味,有种盘旋的机群透出的阴郁。办公室里其他地方别的人在剪当天的报纸,把各种栏目粘贴到索引卡片上。污染/空气,污染/噪音,污染/水,剪刀温柔的声音,从罐里粘胶水的声音,一只手推开门。主管走进房间几英尺,站住,查看一番下属的活动。

我要告诉她……她叹了口气,动了动身子,从湿漉漉的眼睛上撩开乱糟糟的头发,打算起身,却仍然坐着,双手捧住一把大壶——一件旧货店的东西送给她当礼物。窗户在她眼中映照成明亮的小方块,在她的眼睛下方,那蓝色的双月在洁白的脸上留下小弧尖儿。她撩开头发,叹了口气,动了动身子。

他朝我走来。噢,里奇,他走过来时说。他管我叫里奇。噢,里奇,我想让你帮我办个事。我没有听到是什么事,我像被催眠了般,坐在那张嘴边,这张嘴撮成圆形,发出若干个音节。我想让你帮我做件事。在那漫不经心、无忧无虑的刹那,他意识到了自己的错误,里奇从一排橱柜的后面冒了出来,热情地谅解了。主管欢快地表示了歉意。我的同事们即将证实,里奇说,人们经常把我们搞混了,他这样说的时候把手搭在我的肩膀上,也原谅了我。这是个很容易犯的错误,伙计,允许自己跟里奇混淆。

听着她呼吸的声音,起来又落下,起来又落下,在起伏的间歇是那个危险的空隙,那个她想继续下去的决定……几个小时的重量。我要告诉她,避免混淆。她的眼睛从左边移到右边,然后又移回来,轮流研究着我的每只眼睛,比较着是否诚实,或者意图的游移不定,不时把目光投进我的嘴里,翻来覆去地要从一张脸上读出深长的意味,我的眼睛同样凝视着她的,翻来覆去,我们的眼睛在舞动和追逐着。

我像打进去的楔子般坐在两个站着的男人中间,主管重复了遍自己的指示,然后不耐烦地离开我们走了,到门口的时候又回过头看了眼,纵情地笑了笑。没错,我从来没见他笑过。我看到的都是他所看到的——就像为了拍摄正式照片摆好造型的双胞胎。一个站着,手永远搭在另一个坐着的肩膀上;也许是一种混淆,一种镜头上的花招,因为如果我们把这个金属环转过来,他们的形象就会合并在一起,变成一个形象。叫什么来着? 充满希望的,具有充分的理由……焦虑。

"来回"是我的钟表,会让地球转起来,让黎明到来,会把她的女儿带到床上……"来回"嘲笑静止，"来回"把她的孩子们投进成人暧昧的温暖中，像海星般让她们附着在自己的身边，你还记得吗……看到你不愿意看到的东西时的惊心动魄，巨大的岩石突兀地横亘在潮湿、充满条纹的沙地上，水的边界勉强退向地平线，在突兀的岩石中，饥饿的池塘吸吮着，流溢着，吸吮着。一块宽厚的黑色巨石横着悬在水塘上方，海星就悬挂在下方，伸展着大腿和胳臂，你首先看到的就是它，如此橘黄，如此明亮、美丽和孤单，还有往下滴的白点。它紧紧贴在那块自己可以掌握的黑色岩石上，任凭海水在岩石上拍打着，而远处海水已经退潮。这只海星并没有像那些枯骨因为死亡而让人恐惧，它是因为如此清醒才让人感到可怕，就像孩子在死寂的夜里发出的喊叫。

他们传递的体温。我们是同一个人吗？里奇，我们是同一个人吗？里奇伸腿，回答，拍打，推搡，假装，商量，巴结，俯首，查看，弄姿，走近，招呼，触摸，检验，暗示，抓握，呢喃，凝视，颤抖，摇晃，出现，微笑，轻微，如此轻微地说，张开你的……温热？睁开你的眼睛，睁开你的眼睛。

这是真的吗？我躺在黑暗中……是真的,我想,它已经结束。她睡着了,没有结束,暂时的终止悄然而至,像睡眠般不被觉察到。是的,古老的"来回"晃着她进入梦乡,在睡梦中她把我拉到身边,把大腿跨在我的腿上。夜色逐渐发蓝,发灰,从我的太阳穴上,我能感觉到,她胸膛下面心脏那古老的"来回"在走动。

心理之城

　　玛丽在威尼斯一家女性主义书店上班，又是这家书店的半个主人。我到洛杉矶的第二天，午饭时分在那里跟她相遇。当天晚上我们就做了情人，此后不久又成为朋友。第二周的星期五开始，整个周末我已经用链子把她的脚拴在床上了。她对我解释说，干那种事儿属于"为了走出来而必须走进去"。我记得她特意(后来，在一家拥挤的酒吧)要我郑重发誓，如果她请求放了自己，千万不要听。因为急于讨新朋友欢心，我买了条漂亮的细链和小巧可爱的锁头。我用铜螺丝把一个钢圈固定在木床的底座上，然后一切准备妥当。那几个小时里，她不断地恳求放了她，虽然有些不解，我还是下了床，冲了个澡，穿好衣服，换了双地毯上用的拖鞋，端了个大煎锅让她往里撒尿。她试着换成一种决然而又理智的腔调说话了。

154

"把这个解开，"她说。"我受够了。"我承认她吓到我了。我给自己倒了杯喝的，匆匆走出去到阳台上看落日。我没有丝毫兴奋感。我心想，如果我解开锁链，她会蔑视我太软弱。我要是继续把她拴着不放，她可能会恨我，但那样做我至少信守了自己的承诺。苍白的橘黄色的太阳沉没在雾霭中，透过关闭着的卧室门，我听到她在冲我大喊大叫。我闭上双眼，一心想着自己没什么可指责的。

我有个朋友曾在一个上了年纪的人那里做心理分析，那人在纽约这一行里是个资深的弗洛伊德门徒。有一次，我的朋友终于忍不住说了些怀疑弗洛伊德理论的话，说其缺乏科学上的可信性，在文化上有失偏颇等等。他刚说完，那位心理分析师便温和地笑着回答说："瞧瞧你周围吧！"然后展开手掌指着舒适的工作室，橡胶树和秋海棠，摆满书的墙壁，最后，手腕朝里一弯，用这个既表示热情又强调自己颇有品位的衣领的动作说："如果弗洛伊德错了，你真会觉得我现在能在这种地方待着吗？"

回到屋里后（太阳已经落下去了，卧室里悄无声息），我用同样的姿态对自己说，这件事真相很显然，我这是信守诺言。

尽管如此,我还是感觉很无聊。我从一个房间游荡到另一个房间,把灯逐一打开,然后在过道墙壁上斜靠着,打量着已经熟悉的东西。我支起乐谱架,取出自己的长笛。我多年前就自学吹奏,错误依然不少,而且因为习惯而更为严重,对此我也无心再纠正了。我从不像理应做的那样用手指的最尖端去按笛孔,而且我的手指扬得离笛孔太高,所以没有任何可能灵活地吹奏快调段落。我的右手腕总是不放松,在需要的时候,不肯以某种轻松的直角落到乐器上。我吹奏的时候总是没法挺直脊背,相反却佝偻着腰看着乐谱。我的气息也不听腹肌的控制,随随便便地从喉咙深处吹出来。我吹奏时的唇形也不对,过度依赖某种甜腻的颤音。我也不会控制什么力度大的重音,只会些轻柔的或者声音大点的。我也懒得去自学高过 G 调的乐曲。我的音乐能力捉襟见肘,稍微异常点的旋律就会让我不知所措。主要是我没有雄心去吹奏那半打曲子以外的作品,犯的错误都千篇一律。

第一首曲子吹了几分钟后,我想起她在卧室里听着,"迷狂的听者"这个短语溜进我的头脑。我吹奏的时候,设计了好几种办法,可以把那些词语不知不觉地套进一个句子里,弄出句不起眼又轻松的俏皮话,其中的幽默可以拿来阐释目前的情景。我放下长笛,朝卧室门走去。可是我还没有组织好句子,手就在某种麻木的自动机制的作用下推开门,我站在玛丽面前。她坐在床边梳着头发,链条得体地被毯子遮掩起来。在英国,像玛丽这样伶牙俐齿的女人可能会被认为极具侵略性,可是她的态度很温和。她身材短小,体格非常厚重,脸庞给人又红又黑的感觉,嘴唇深红,眼睛黑黑的,面颊呈暗淡的苹果红色,头发像焦油般漆黑又滑软。她的祖母是印第安人。

"你想干什么?"她尖声尖气地说,没有停止手的动作。

"噢,"我说,"迷狂的听者!"

"什么?"看我不想重复自己的话,她便说想自己一个人待会儿。我在床边坐下,心想,如果她求我放开她,我会立刻这样去做。可她什么都没说。她梳完头发就在床上躺了下来,手交叉着放在脑袋后面。我坐下来看着她,等待着。询问她是否愿意放开她的想法似乎很荒唐,如果不经她的许可就放了,那又会很可怕。我都不知道这是一个意识形态还是性心理的问题。我又回去吹我的长笛了,这次我把乐谱架搬到公寓最远的尽头,关上中间隔着的几扇门。我

157

希望她听不到我的声音。

星期天早上,我们之间经过 24 小时不曾打破的沉默后,我放了玛丽。锁头弹开的时候,我说:"我来洛杉矶不到一个星期,可是感觉自己已经脱胎换骨了。"

虽然有真的成分,这样说还是想刻意讨她欢喜。玛丽一手搭在我的肩膀上,另一只手揉着自己的脚说:"会这样的。这是一座众城尽头的城市。"

"它横跨六十英里!"我附和说。

"它纵长一千英里!"玛丽狂野地尖叫道,然后伸出两条褐色的胳臂搂住我的脖子。她好像已经找到了自己希望寻找的东西。

可是她无意去解释。后来,我们就去外面一家墨西哥餐厅吃饭,我等着她说起周末拴住的事儿来,最后,我忍不住问时,她问了个话题给支开了。"英国真的处于全面崩溃状态吗?"

我说是的,然后详尽地阐述起来,连自己都不信这些话。我对全面崩溃的唯一经验就是有个朋友自杀了。最初他不过是想惩罚自己。他吃了块磨碎的小玻璃片,用葡萄汁冲了下去。等到疼痛发作的时候,他跑到地铁站,买了张最便宜的票,纵身跳到一辆列车底下。著名的新维多利亚线。如果这样的情况蔓延到全国范围那会怎么样?我们挽着胳臂不声不响地从饭店走了回去。周围的空气炎热而潮湿。我们在人行道她的车子旁边亲吻着,紧紧抱在一起。

"下周五还是老样子?"她钻进车子时我挖苦地说,可是这句话却被她关车门时砰的一声切断了。她透过窗户朝我挥了挥手指,笑了笑。有好一阵子我再没见过她。

我在圣莫尼卡一个借来的大公寓里住着,楼下有家租借店,专营举办派对的用品,而且奇怪的是,还出租"病房"设施。店铺的一边腾出来摆着葡萄酒杯、鸡尾酒调制器、休闲椅、一张宴会桌和便携式舞会音响,另一边放着轮椅、活动床、镊子、便盆、亮闪闪的钢管和彩色橡皮软管。我住的那段时间,注意到全城有很多这样的店铺。经理穿得干干净净,并不友善的表情中自带着某种威严。我们第一次见面时他告诉我,他"只有二十九岁"。他身材敦实,留着浓密、往下垂的小胡子,整个美国和英国雄心勃勃的年轻人都留着这样的胡子。我到的头天,他就上楼来自我介绍说叫乔治·马龙恩,对我说了一番受用的恭维话。"英国,"他说,"生产的病人用椅真不错。最好了。"

"那肯定是劳斯莱斯了。"我说。马龙恩抓住我的胳臂。

"你是在跟我胡说吧？劳斯莱斯是做……"

"没有,没有,"我紧张地说。"是开……开个玩笑。"有那么片刻,他的脸都僵硬了,嘴张得老大,黑洞洞的,我以为他要揍我了。可他却放声大笑起来。

"劳斯莱斯！真漂亮！"第二次我见到他时,他指着店里放病房设备的那面,在我身后大声喊着说,"想买个劳斯牌的吗？"午饭时我们在科罗拉多大道边上一家亮着红灯的酒吧一起喝上点,乔治向那儿的酒吧侍者介绍我,说我是个"讲怪话的专家"。

"那是什么?"侍者问我。

"猪油蘸樱桃。"我说,热切地希望能够名副其实。可侍者皱着眉头转向乔治,边叹息边说：

"什么来着?"

住在一个充满自恋狂的城市让人兴奋不已,至少开始是这样的。第二天或者第三天,我按照乔治的指点步行去海边。正是中午的时候。成千上万赤裸裸的原始的人条儿散落在纤细、淡黄色的沙地上,直到从北到南被吞没在热气和污染的雾霭中。除了远处无精打采的巨浪,其他都静止不动,寂静得可怕。在我站立的海滩最边沿的不远处,布满了各种并排的酒吧,空空荡荡又很荒凉,它们简陋的几何线条中透着寂寞。甚至连海浪的声音都传不到我耳朵里,也听不到人语声,整个城市沉睡在梦中。我开始朝大海走去时,附近传来喃喃细语,好像我无意中偷听到了梦游者的声音。我看见一个男人在活动着手,在沙上摊开手掌使劲撑着,想多晒些阳光。一个不带盖儿的冰盒像块墓碑般矗立在一个平躺的女人的脑袋旁边。我经过时朝里面偷看了眼,看到几只空啤酒瓶,一包橘黄色的奶酪在水上漂着。这会儿走在他们中间,我才发现,每个孤独的晒日光浴的人彼此相距有多么远。从一个人走到另一个人那里要花好几分钟。视角上的错觉让我以为他们都是紧紧挤在一块儿的。我还发现,那些女人有多么漂亮,褐色的四肢像海星般伸展开来;还发现那些老人是多么健康,身体的肌肉都疙里疙瘩的很结实。这幅怀着共同意愿的壮观景象让我兴奋不已,平生第一次我也强烈地渴望拥有晒黑的皮肤和脸膛,所以我笑的时候牙齿都闪耀着白光。我脱掉裤子和衬衣,铺开浴巾,仰面躺下来,心想,我就要自由了,我要变得谁都认不出来。可是没多会儿，我就浑身燥热、焦灼不安了。我跑进大海，游到只有寥寥几人的地方才出来，那几个人在蹚着水，等着一波巨浪打来，把他们冲到岸上。

一天，从那个海滩回来后，我发现门上别着一张朋友特伦斯·莱特利留的纸条。上面写道："我在街对面狗儿餐馆等你。"我是几年前在英国认识莱特利的，那时他在做一篇至今都没有完成的有关乔治·奥威尔的论文的研究，到美国后我才意识到，他在美国显得多么稀罕。身材纤细，极其苍白，细软的黑头发拳曲着，母鹿般的眼睛就像一位文艺复兴时期的公主，鼻子修长挺直，黑色的鼻孔很窄，特伦斯有种病态美。他经常会惹来男同性恋，有一次在旧金山的波尔克街差不多要酿成骚乱了。他有口吃的毛病，不过很轻微，有这样的毛病反而让他显得有点可爱。他对友谊非常专注，到了偶尔会陷入难以排解的苦恼的地步。过了些时日我心里才肯承认，自己其实并不喜欢特伦斯，而那时他已经在我的生活中了，我只有接受这个事实。像所有喜欢强行倾诉的人一样，他对别人的心思并不好奇，可是他的故事都很不错，说出来从不重复。他会每隔一段时间就要被女人迷得神魂颠倒，可是他那种让人迷晕般的笨拙和耗人的热情把她们都赶跑了,她们又为他的独白倾诉提供了新鲜素材。有那么两三次,那种安静、孤单、有保护欲的女孩会无望地爱上他和他的做派,可是明摆着,他不感兴趣。特伦斯喜欢那种腿长、意志坚韧、特立独行的女人,可这样的女人会迅速厌倦特伦斯。有一次他告诉我,他天天手淫。

他是狗儿餐厅唯一的顾客,手掌托着下巴,低头望着一只空咖啡杯,闷闷不乐。

"在英国,"我告诉他,"狗食店意味着味道难吃得一塌糊涂。"

"先坐下吧,"特伦斯说。"我们来对地方了。我遭到了极大的侮辱。"

"西尔维?"我通情达理地问。

"是的,是的,奇耻大辱。"这毫不新鲜。特伦斯经常出于各种病态的考虑到外面吃饭,领受那些冷漠女人的打击。他爱上西尔维有几个月了,而且从旧金山追到这里,他最初就是在那里跟我提到她的。西尔维靠开设健康食品餐厅,然后卖掉来维生。据我所知,她简直就觉得特伦斯不存在。

"我真不该来洛杉矶,"狗儿餐厅的女服务员满上他的杯子时,特伦斯说。"对英国人来说可能没关系。你可以把

163

这儿的每件事看作极端的怪诞喜剧,可那是因为你置身事外。其实这是精神病,完全就是病态。"特伦斯把手插进看上去漆亮干硬的头发,盯着外面的街道。裹在一层持续不变的隐隐约约的蓝雾中的小车,以每小时二十英里的速度开过去,司机们把晒得发黑的前臂撑在车窗横档上,车里的收音机和音响都开着,他们都在往家里赶,或者在去娱乐的酒吧的路上。

适度地沉默了会儿后,我说:"嗯……?"

从到洛杉矶的那天开始,特伦斯就在电话里恳求西尔维跟他一起去餐馆吃顿饭,最后,她也累了,就同意了。特伦斯买了件新衬衣,上了趟美发店,下午的后半天在镜子前打发掉一个钟头,盯着自己的脸看了又看。他在一个酒吧跟西尔维见了面,两人喝了些波旁威士忌。西尔维很放松,态度友善,他们轻松地谈些加利福尼亚的政事,对此特伦斯的了解几近无知。因为西尔维熟悉洛杉矶,所以她选择了一家餐馆。离开酒吧的时候,她说:"我们坐你的还是我的车去呢?"

特伦斯没有车也不会开车,就说:"干吗不坐你的呢?"

餐前小吃快结束的时候,他们已经开始喝第二瓶葡萄酒了,两人谈了会书,又谈起钱来。接着又开始谈书。漂亮的西尔维主导特伦斯谈了有半打话题。她总是微笑着,特伦斯的脸因为爱情和对爱情疯狂的渴望涨得通红。他爱得如此强烈,他知道自己很难抑制住不去表白。他感觉那一刻就要来了,一番狂热的表白。甜言蜜语滚滚而出,爱情宣言堪比沃尔特·司各特的描写,它的主要重点是想说,在这个世界上,没有什么,绝对没有什么,他特伦斯不能为西尔维做的。事实上,喝醉后,他在挑唆西尔维当场试试自己的热情。在波旁威士忌和葡萄酒的刺激下,被这个苍白的十九世纪末的疯子迷住后,西尔维隔着桌子热情地盯着特伦斯,用手答复了他轻轻的捏摸。在他们之间那片稀薄的空气中,飞蹿着友好与放肆的火花。担心没话可说,特伦斯又重复了一遍。没有什么,绝对没有什么,在这个什么什么等等。西尔维的目光忽然从特伦斯的脸上移到餐厅的门口,一对体面的中年夫妇正往里面走来。她皱了皱眉,又微笑起来。

"任何事情?"她说。

"是的,是的,任何事情。"这时特伦斯严肃起来,感觉她的问话中藏着当真的挑衅色彩。西尔维向前靠过去,抓住他的手臂。

"你不会翻悔?"

"不会,只要人能办到,我就会去做。"西尔维又打量着在门口等着让女店主安排座位的那对夫妇,店主是个精力旺盛的女人,穿着红色士兵装制服。特伦斯也看着。西尔维的手抓得更紧了。

"我想让你在裤子里尿一泡,马上。现在就尿! 快点! 别找时间去想,现在就尿。"

特伦斯想抗议,可是自己的誓言犹在眼前的空气中悬着,像团责备的云朵。带着酒醉后的晃悠,在响彻耳边的电铃的嚷嚷声中,他美美地尿了一泡,尿湿了大腿、小腿和臀部,还朝地板上送出一小股连续不断的涓流。

"你尿完了吗?"西尔维说。

"是的,"特伦斯说,"可为什么……?"西尔维欠起身子朝餐厅对面站在门口的那对夫妇优雅地招了招手。

"我想让你见见我的父母,"她说。"我正好看到他们进来了。"特伦斯连介绍的时候都坐着没动。他在想自己身上会不会闻到有那股味道。为了阻止这对和蔼、头发灰白的夫妇在自己女儿旁边坐下来,他简直无话不说。他不顾一

166

切地说着,根本不停顿("好像我是那种招人嫌的东西"),说洛杉矶就像个屎坑,居民都是打探对方隐私的贪婪的吞吃者,特伦斯隐约暗示到最近一次发作、拖了好久的精神病,差点没恢复过来。他告诉西尔维的母亲,医生,特别是女医生全都是"混蛋"(傻瓜)。西尔维什么都没说。父亲挑起眉毛看了眼妻子,夫妇俩也不道别就转移到房间远远的一头自己的座位上去了。

特伦斯好像忘了他正在讲自己的故事。他用梳齿剔着指甲,我说:"喂,可别在这个时候打住啊,后来怎么了? 这一切都怎么解释?"我们四周的客人越来越多,可是别人都没有说话。

特伦斯说:"我底下垫了张报纸,免得弄湿她的车座。我们没怎么说话,到我住的地方时,她也没进去。她早些时候告诉过我,说不是很喜欢自己的父母。我猜她是瞎诌罢了。"我不知道特伦斯讲的故事是不是虚构的,或者是梦里发生的事情,因为这是他所有遭拒的范本,是他的恐惧或者也许是他最深沉的欲望的完美明示。

"这里的人们,"我们离开狗儿餐厅时,特伦斯说,"互相住得很远。你的某个邻居可能在四十分钟的车程之外,好不容易相聚了,你们又拿孤单生活招致的那种狂热把对方折磨得死去活来。"

这句话里的某种东西让我怦然心动,我邀请特伦斯上我住的地方一块儿抽大麻烟。我们在人行道上站了几分钟,其间他好像在努力决定要不要去。我们隔着往来的车辆,看着街对面,看到乔治在店铺里面正给一个黑人妇女展示迪斯科音响设备。最后特伦斯摇了摇头说,在这个城区逗留期间还要去见个他在威尼斯认识的女孩。

"带上条备用的内裤,"我建议道。

"好的,"他离去时回过头说。"再见!"

在漫长又无所事事的那几天里,我想,世界上不管什么地方都差不多。洛杉矶、加利福尼亚,整个美国,当时在我看来都不过是我倦怠的无边无际的内在世界上面的一层薄薄的脆壳。我待在任何地方都可以,我本来可以既省力又省钱。事实上,我希望自己哪儿都不去,没有义务非要在什么地方。早晨醒来,过度的睡眠都把人睡呆了。尽管不饿不渴,可我还是吃了早餐,因为我不敢没有这项活动。我花了十分钟的工夫来刷牙,因为知道等刷完牙就得选择做别的事了。我回到厨房,又煮了些咖啡,无比仔细地洗着碗碟。咖啡因加剧了我逐渐冒起的恐慌。起居室里有好多书需要研读,还有文章需要完稿,可是想到这个就让我疲惫和厌恶得脸红发烫。因此我尽量不去想这个,不主动诱使自己去想。我几乎没有动过念头踏进起居室。

相反,我却走进卧室去收拾床铺,无比用心地叠出"医院式被角"。难道我有病了吗? 我躺在床上,看着天花板,脑子里什么念头都没有。然后,我又起来,手插进衣兜盯着墙壁看。也许我该把它涂成别的颜色,当然了,我不过是个临时住客。我想到自己这是在一个外国城市,然后匆匆走到阳台上。沉闷的白色的盒子形的店铺和房子,停靠的小车,两台草坪洒水机,电话线上的彩色垂饰到处都是,一棵棕榈树在天空下摇曳着,一切都泛着太阳发出的某种冷酷、苍白的光芒,而太阳被高挂的乌云和污染物遮得影影绰绰。显然,在我看来,这不言而喻就是一排郊区的英国式平房。对此我有什么办法呢? 去别的地方吗? 想到这里我几乎要失声大笑了。

似乎更想强化而非改变自己的这种心理状态,我又回到卧室,闷闷不乐地捡起长笛。我要吹奏的那支曲子的谱子角已经卷了,染上了污迹,已经在谱架上了,是巴赫的A小调第一奏鸣曲。美丽的序曲行板,是一组轻快的琶音,要求无可挑剔的运气技巧来显示分节的意义,可是从开始,我对吹气的捕捉就搞得鬼鬼祟祟,像个超市的扒手,作品的连贯性变成纯粹的想象,得自对留声机唱片的记忆,然后附加在目前的吹奏上。到了第十五小节,进入快板四个半小节的时候,在八音度的几个飞跃上我已经乱了方寸,可我仍然坚持着,就像一个已然失败而顽强拼搏的运动员,在气喘吁吁中吹完了第一乐章,最后一个音符没有吹够长度就撑不下去了。因为我能按照正确的顺序把握住大多数正确的音调,我把快板当作我的炫耀曲目。我吹奏快板的时候带着面无表情的冲劲。柔板是一种甜美沉思的旋律,每一次的吹奏,都在向我显示自己的吹奏多么不着调,时而尖锐,时而平板,少了甜美的特质,32分音总是把握不准时间。这样,吹到结尾的两段小步舞曲的时候,还在干巴生硬地撑着,就像一只猴子在翻弄机械的管风琴。这就是我对巴赫奏鸣曲的吹奏情况,从我记得起到现在,细节上都没有改变。

我在床边坐下,几乎顷刻间又站起来。我到阳台上又看了遍这个外国的城市。外面的一片草坪上,有个小女孩抱起一个更小的女孩,蹒跚地走了几步。徒劳的感觉更重了。我回到屋里,盯着卧室里的闹钟。十一点四十。赶紧干点什么,快!我站在闹钟旁边听着滴答声。我没有正经目的地从这个房间走到另一个房间,有时惊讶地发现,自己再次回到厨房,摆弄着墙上开瓶器裂了缝的塑料把手。我走进起居室,花了二十分钟的时间用手指敲击着一本书的背面。午后过半的时候,我把时间调好,把闹钟校准了。我在卫生间坐了很长时间,想好了先坐着,等自己计划好接下来做什么的时候再动弹。我在那里待了有两个多小时,一直盯着自己的膝盖,直到盯得膝盖已经失去了作为四肢的意义才放弃。我想到剪指甲,这或许是个开端。可是我没有指甲钳!我又开始在各个房间游荡,最后,到半夜的时候,倒在扶手椅里睡着了,我已经把自己弄得精疲力竭。

乔治至少看上去还是欣赏我的吹奏的。他从店铺里听到我的吹奏后,曾经上楼来,想看看我的长笛。他告诉我,以前还真没亲手拿过这东西。他对长笛的杠杆和衬垫做工的复杂与细致惊叹不已。他要我吹奏几个音符,让他见识下怎么拿长笛,接着又让我教教他如何吹个音符出来。他盯着架上的乐谱,说觉得音乐家们能把这么凌乱的线条和圆点转化成声音,简直太"了不起"了。作曲家用十几件不同的乐器同时合作构思出完整的交响乐,那种创作方法完全超出了他的想象。我说同样超出了我的想象。

"音乐,"乔治用手臂做了个大幅度的动作,"是一种神圣的艺术。"平常,我不吹的时候,就把长笛撂在那里,任由灰尘蒙落其上,组装好了,随时准备吹奏。现在我发现自己把长笛拆成三段,仔细擦干了,把每一段像件钟爱的玩具娃娃般放在有绒垫衬里的盒子里。

乔治住在开发不久的沙漠地段的斯密谷。他描述自己的房子很"空旷,还散发着新鲜的油漆味"。他跟妻子分开了,每月有两个周末的时间,他要孩子们过来住,两个男孩,一个七岁,一个八岁。不知不觉间,乔治成了我在洛杉矶的东道主。他二十二岁从纽约城到这里的时候身无分文,如今他每年差不多要赚四万美元,而且觉得要为这个城市以及我在其中的体验尽到应有的责任。有时,下班后,乔治就开上他的新沃尔沃沿高速路带我驱车几英里。

"我想让你找到这个城市的感觉,它的规模大得有些失常。"

"那是什么楼?"我们从绿地修剪得整整齐齐的山坡上经过,飞快地掠过位于其上的亮灿灿的第三帝国大厦般的建筑时,我问道。乔治会往窗外看上一眼。

"我不晓得,一家银行或者神殿什么的吧。"我们还经常去各种酒吧,明星常去的酒吧,编剧们常去的"知识分子"酒吧,以及女同性恋们去的酒吧,还有个酒吧,里面的侍者都是纤细柔弱、脸蛋光洁的年轻男子,穿成维多利亚时代女仆的模样。我们还在一家始于 1947 年的餐馆吃过饭,那里只供应汉堡和苹果馅饼,是个挺著名很时尚的地方,等待的顾客像饿鬼般站在已被占据的座位后面。

我们去过一家夜总会,常有歌手和替补喜剧演员在那里表演,等着被发现。一个满头闪亮红发、穿着缀满耀眼小圆片的 T 恤衫的瘦削女孩,狂热地嘟嘟囔囔地唱着歌儿,结尾时忽然发出一声尖叫,音高得不可思议。大家的交谈立刻打住了。有人,或许是故作恶毒,打碎了一只玻璃杯。高音唱到中途时,变成婉转的颤音,歌手忽然来了个卑微的行屈膝礼动作,身子在舞台上折起来,双臂僵直地朝前伸出去,死死握着拳头。接着她脚尖着力弹了起来,又把双臂高高地举过头顶,摊开双掌,好像要抑制稀稀落落又冷漠的掌声。

"他们都想当芭芭拉·史翠珊或者丽莎·明奈莉。"乔治用一根粉红色的塑料吸管从一只巨大的鸡尾酒杯子里吸了口酒说。"可是再也没人来寻找那种人了。"

一个驼着背、鬈发凌乱不堪的男子慢慢朝舞台走去。他从撑杆上拿起麦克风,凑近自己的嘴唇,却什么都没说。他似乎语塞了。这人贴身穿了件破旧、暗淡的粗纹布夹克。他两眼肿胀,几乎快要眯上了,右脸下方,一道长长的抓痕窜过去,在嘴角结束,这让他显得像化了个半妆的丑角。他的下唇抖个不停,我感觉他快要哭泣了。没有握麦克风的那只手搓着一枚硬币,看着硬币的时候,我注意到了他牛仔裤上的几块污迹,没错,刚刚呕吐过的湿湿的东西粘在上面。他张着嘴唇,却没有声音传出。观众耐心等着。房间后面的某个地方有人打开了一瓶葡萄酒。他终于说出话的时候,却是对着自己的指甲讲着沙哑的喃喃细语。

"我简直就是他妈的一团糟!"

观众笑得前仰后合,高声欢呼,一会儿又改成跺脚和有节奏的拍掌。乔治和我笑而不语,大概因为有对方在,表现得很克制。最后的鼓掌声消停的瞬间,这个男子又出现在麦克风旁边。现在他说话的速度快起来,眼睛仍然盯着手指。有时他朝房间的后面担心地瞥上一眼,我们都能捕捉到他眼中闪烁的白光。他告诉大家刚跟女朋友分手,还说,开车离开女友家时就开始哭泣,哭得都看不见怎么开车了,只好把车停下。他想自己没准会去自杀,可是得先去跟女友道声别啊。他把车开到一个电话亭前,可是电话不能打,这又让他哭起来。这时,始终都很安静的观众发出轻微的笑声。他在一家百货店里接通女友的电话。她拿起电话,听到是他的声音后也哭起来。可是她并不想见他。她说:"没用了,我们已经无可挽救了。"他放下电话后悲痛得嚎啕大哭。百货店的一个店员赶他走开,因为已经打扰到别的顾客了。他沿着大街行走,琢磨着生死问题。天开始下雨了,他迅速开了瓶硝酸戊酯服了点,他想把手表卖了。观众们开始越来越躁动不安,很多人已经不听了。他从一个流浪汉那里讨了五角钱。透过涟涟泪水,他感觉自己看见一个女人往臭水沟里扔胎儿,靠近后却发现是个硬纸盒,里面塞了好多旧布头。这时,那人已经是面对不绝如缕的交谈声说话了。端着银色托盘的女侍者在桌子周围流动。忽然,讲话的那个人举起手说:"好了,再见。"然后就走了。只有很少的几个人在鼓掌,大部分人都没注意到他走了。

　　在我该离开洛杉矶前不久,乔治邀请我周六晚上去他家玩。第二天晚些时候,我就要飞往纽约。他希望我带几个朋友办个小小的告别晚会,他希望我能带上长笛来。

　　"我其实很想,"乔治说,"手里端杯葡萄酒坐在自己家里,听你吹奏那玩意儿。"我先给玛丽打了个电话。那次周末过后,我们见面都是断断续续的。她偶尔过来,在我住的公寓里打发一个下午。她有了别的情人,偶尔同居,可她几乎不提这个人,我们之间也从不涉及这个话题。同意过来后,玛丽想确认下特伦斯会不会到场。我跟她说起过特伦斯跟西尔维之间的历险故事,还描述了自己对特伦斯的矛盾感觉。特伦斯没有按照他原来的计划回到旧金山。他遇到个什么人,这人有朋友在"写剧本的行当"里,目前他正等着被引荐。我给他打电话的时候,他用不够服人的模仿闪米特人的牢骚口吻说:"在这个城市都待了五个星期了,我这才收到外出的邀请?"我决定严肃对待乔治想听我吹奏长笛的愿望。我好好练习了一番音阶和琶音,在第一奏鸣曲

176

中自己总出错的地方格外使了点劲，而且吹的时候幻想着玛丽、乔治和特伦斯在听着，大家都陶醉了，而且有些微醉，我的心跳得那么快。

晚上早些时候，玛丽先到了，开车去接特伦斯前，我们坐在我的阳台上看太阳，吸了一小卷大麻烟。她来之前，我脑子里还盘算着我们可以最后上一次床。可是她在这儿了，我们都穿着晚上到什么地方去的衣装，好像交谈更适合些。玛丽问我这段时间都在干什么，我说了夜总会的那场表演。我不能确定是否应该说那个演员表现非常机灵，乃至都不太有趣了，或者说他就是顺便从街上过来占了会儿舞台。

"我在这里看过很多这样的表演，"玛丽说。"人家的本意就是让你的笑声在喉咙里欲出不能。本来很可乐的东西忽然变得非常恶搞。"我问玛丽，我提到的这个男人讲的故事里有没真实性。她摇了摇头。

"这里每个人，"她指着西落的太阳说，"某种程度上都具备那样的演技。"

"你说这话的时候好像还不无自豪啊，"我们站起来的时候，我说道。她笑了笑，我们拉着手，刹那间谁都没说话，

177

这时我眼前不知道从什么地方冒出海滩上那些并排的酒吧的生动图景。接着我们就转身回房间去了。

特伦斯在他住的屋子外面的人行道上等着我们。他穿了身白色套装,我们停车的时候,他正往衣领上别一朵康乃馨。玛丽的车只有两个门。为了让特伦斯进来,我必须先下车,可是经过他一番狡猾的挪腾加上我自己笨拙的礼数,我发现自己在后座介绍起我的两个朋友来了。我们转到高速公路上后,特伦斯向玛丽提了一系列礼貌又固执的问题,我坐在玛丽的正后方,从那个位置可以清楚地看到,她回答前一个问题的时候,特伦斯已经开始组织后面的问题了。或者迫不及待地对她说的一切表示赞同。

"没错,没错,"他说,身子热情地往前倾过去,细长苍白的手指交错在一起。"这样说真是好极了。"如此谦卑,如此奉承,我想。为什么玛丽还能忍受? 玛丽说,洛杉矶是美国最让人激动的城市。她都还没说完,特伦斯就不甘落后,赞美得更加厉害。

"我还以为你讨厌这里呢,"我酸不溜秋地插了句。但特伦斯趁调整安全带的时候又问了玛丽一个问题。我靠后坐着,凝望着窗外,使劲克制住怒火。过了会儿,玛丽竖起脖子,试图从镜子里看到我。

"你在后面这么安静,"她愉快地说,我陡然说了句气冲冲的模仿的话。

"这样说真是好极了,没错,没错。"特伦斯和玛丽都没有回应。我的话仿佛被讲了一遍又一遍般悬挂在我们中间。我打开靠我这边的窗户。我们到了乔治家,尾随我们的是二十五分钟不曾中断的沉默。

介绍完毕,我们三个占据了乔治家巨大的客厅的中心位置,而他则在吧台桌边给我们准备喝的东西。我胳臂底下夹着装长笛的小匣和乐谱架,像拿了两件武器。除了吧台,其他家具只有两把黄色的塑料凹面椅,在那片宽阔的沙漠般的褐色地毯的映衬下,显得格外光亮。滑动门占了一面墙的长度,通向一个满是沙子和石头的小后院,院子中间矗立着一个水泥砌的树状新奇装置,晾衣服用的。院子角落有一株乱蓬蓬的蒿木植物,那是一年前这里真正沙漠里的幸存者。特伦斯、玛丽和我都只跟乔治说话,互相却不言语。

"喂,"我们四个手里端着喝的看着对方的时候,乔治说,"跟我来,大家看看孩子们吧。"我们沿着铺着厚厚地毯的走廊,排成窄窄的一长溜,顺从地跟在乔治的后面鱼贯而过。我们透过一间卧室过道口看着两个小男孩坐在双层床上翻漫画书。他们毫无兴趣地瞥了我们一眼,继续看自己的书。

回到客厅,我说:"他们很乖,乔治。你用了什么手段,揍他们吗?"乔治对我的问话很当回事,接着就体罚这个话题聊了起来。乔治说,如果事情实在难以收拾了,他就朝孩子的腿肚子上打一巴掌。不过那不是有意要伤害他们,他说,只是想做给他们看,他是当真的。玛丽说她是至死反对打孩子的,而特伦斯,我想很大程度上是为了标新立异,或者是为了向我显示他也会拂逆玛丽的意思,就说,他觉得好好地抽一顿不会对任何人造成任何伤害。玛丽大笑起来,但乔治明显不喜欢这个隐隐约约有些矫揉造作、萎靡不振、伸开四肢坐在他家地毯上的客人,好像准备要应对攻击了。乔治的态度很严肃,坐在凹面椅里都始终竖着脊梁。

"你是孩子的时候挨过打吗?"他给大家轮着递威士忌的时候这样问道。

特伦斯犹豫了下说:"是的。"这让我很吃惊。特伦斯还没出生,父亲就去世了,他是跟母亲在佛蒙特州长大的。

180

"你母亲打过你吗?"趁着他还没有工夫编造出一个父亲大模大样欺凌孩子的形象,我率先问道。

"是的。"

"而且你没有觉得对自己造成什么伤害?"乔治说,"我可不信。"

特伦斯伸了下腿。"没有造成任何伤害。"他说的时候边打了个可能是假装的呵欠,然后指着身上的那朵康乃馨,"毕竟,我还能坐在这里。"

沉默了片刻,乔治说:"比如,你在跟女人相处的时候就从来没有过问题?"我忍不住笑了。

特伦斯坐了起来。"哦,没有。"他说,"我们的英国朋友可以在这里作证。"特伦斯说这话的意思是指我在车里的那顿发作。可是我对乔治说:"特伦斯喜欢说些自己性事失败方面的好玩故事。"

乔治倾过身子,想引起特伦斯的注意。"你怎么就能确定那些事不是妈妈打你造成的?"

这时特伦斯的语速变得快了。我不知道他是太激动还是太生气了。"男女之间总会有这样那样的问题,在某种程度上,每个人都很苦恼。我没有别人那么会掩饰自己。我

181

猜你小时候肯定没有被妈妈打过屁股,可是难道那就意味着你跟女人没有过麻烦吗? 我是说,你老婆上哪儿去了呢……?"

玛丽的插话有着外科医生手术刀般的精确。

"我小时候只挨过一次揍,是我父亲打的,你知道是为什么吗? 我那年十二岁。晚饭时间,我们围桌而坐,全家都在那里,我当着大家的面说,我腿中间流血了。我用手指尖沾了点血,举起来给大家看。爸爸从桌子对面倾过身来打了我一巴掌说,别这么肮脏了,然后打发我上楼去自己的房间。"

乔治站起来想再拿些冰添到我们的杯子里,边走边嘟囔着说了句"真古怪"。特伦斯在地板上摊开四肢,眼睛盯着天花板,就像死人的眼睛。卧室传来男孩唱歌的声音,或者更像反复咏唱的声音,因为曲调始终没有变化。我对玛丽说了句话,大意是,在英国,两个刚认识的人之间,不大可能做这种谈话的。

"你觉得那样好吗?"玛丽问。

特伦斯说:"在英国,人们互相什么都不说。"

我说:"在什么都不说和什么都说之间,没有多少选择

182

余地。"

"你们听到孩子说话了吗?"乔治回来的时候说。

"我们听到好像在唱歌。"玛丽告诉他。乔治往杯子里又倒了些威士忌,用勺子往里舀了些冰。

"那不是在唱歌。那是在祈祷。我在教他们主祷文。"特伦斯在地板上呻吟了声,乔治转过来犀利地看了眼。

"我不知道你是个基督徒,乔治,"我说。

"哦,这个,你知道……"乔治落进椅子。稍顿片刻,好像我们四个都在积蓄力量,打算再来一轮碎片般的争论。

玛丽这时坐在第二把凹面椅里,正对着乔治。特伦斯躺着,像堵矮墙般隔在他们之间,我交腿坐着,离特伦斯的脚有一码远。乔治先说话了,越过特伦斯直接对玛丽讲起来:

"我对去教堂始终提不起多大兴趣,不过……"他的声音逐渐低下去,微微有些醉意,我想。"不过,我总想让孩子趁年龄还小的时候,对这个尽可能培养些比较浓厚的兴趣。我估计,以后他们可能会排斥。但是,至少目前他们能有一套统一的价值观,而且不比其他价值观次,还能学到整套故事,真正的好故事,奇特的故事,值得信赖的故事。"

没有人接话,乔治就继续往下说。"他们喜欢上帝这个概念。还有天堂和地狱,天使和魔鬼。他们常常谈论这种东西,我说不上这对他们意味着什么。我想那有点像圣诞老人,他们相信又不相信。他们喜欢做祈祷这种事,虽然祈求的东西非常荒诞。对他们来说,祈祷就像他们的……内心生活的延伸。他们祈祷自己想要的东西,以及担心的事情。他们每周都去教堂,这是我和琴唯一都同意的事情。"

这些话乔治都是冲着玛丽说的,他讲的时候玛丽不断地点着头,严肃地回望着他。特伦斯已经闭上眼睛。说完话,乔治依次看着我们,等待着接受挑战。我们不安地动了动。特伦斯用胳臂肘支起身子。没有人说话。

"我看不出这对他们有什么坏处,一点古老的宗教,"乔治又重申了一遍。

玛丽眼睛冲着地面说:"嗯,我不知道。基督教里有很多东西,你可以去反对。既然你自己并不当真相信,我们不妨谈谈这个问题。"

"好啊,"乔治说。"我们来听听。"

玛丽开始字斟句酌地讲起来。"没错,首先,《圣经》就是男人们写出来,讲给男人们听的,刻画了一个非常男性化

184

的神灵,甚至看上去都像男人,因为他是根据自己的样子创造出来的。在我听来这个非常可疑,一部货真价实的男性妄想……"

"且慢,"乔治说。

"其次,"玛丽继续说,"在基督教里女人的表现都非常差劲。借助原罪,她们被认为对伊甸园后这个世界上发生的一切要负责。女人都软弱、不干净,被诅咒要忍受生育的痛苦,代夏娃的过失受罚,她们是诱惑者,把男人的心从上帝那里带走;好像女人还要为男人的性欲负更多的责任,而不是男人自己要负责! 正如西蒙·波伏娃所说,女人总是'他者',真正的事业是存在于天上的一个男人和地上的很多男人之间的东西。事实上,女人的存在完全是神事后的旨意,用一根多余的肋骨凑合着造出来的,让她去陪伴男人,洗熨他们的衣服。女人为基督教所能帮的最大的忙就是不要淫乱放荡,保持贞洁;如果同时还能设法生个孩子,她就可以跟基督教里的女性理想圣母马利亚媲美了。"这时玛丽已经怒不可遏,狠狠地盯着乔治。

"且慢,"他说,"你不能把女人的肋骨之类的东西强加到几千年前的社会上去。基督教要表现自己,得借助当时现存的……"

差不多同时,特伦斯说:"反对基督教的另外一个说法是,它会导致对社会不公的消极接受,因为真正的回报在于……"

玛丽横插进来表示反对乔治的观点。"基督教现在给性别歧视提供了一种意识形态,还有资本主义……"

"你是共产主义者吗?"乔治生气地质问道,虽然我不敢肯定他是针对谁说的。特伦斯还在继续大声地发表自己的观点。我听见他提到十字军东征和宗教审查。

"这跟基督教毫无关系。"乔治几乎在吼叫了。他已经面红耳赤。

"还有更多的邪恶假借基督的名义犯罪,这与……毫无关系,到了把女草药师当作女巫来迫害的地步……胡说八道。这毫不相干……腐败、受贿、支持暴君、在圣坛敛财……繁殖女神……胡说八道……还有阴茎崇拜……看看伽利略……这毫无关系……"我也听不太清楚了,因为这时我同样声嘶力竭地讲着自己关于基督教的看法。安静地待着已经不可能了。乔治的手指朝特伦斯的方向气急败坏地点点戳戳。玛丽身子前倾试图抓住特伦斯的衣袖,跟他说什么。威士忌酒瓶横躺在桌上，里面是空的，有人把冰打翻了。我平生第一次发现自己在基督教、暴力、美国等各种话题上有很多迫切的观点要表达。我总是抢先发表，免得那些思想很快消失了。

"……不妨客观地思考下这个……他们的傀儡镇压工人和他们的罢工就这样……客观？你是指男性。所有的现实都是男性的现实……总是一个充满暴力的上帝……天上最大的资本家……统治阶级保守的意识形态否认男女间的冲突……胡说八道，一派胡说……"

忽然，我听到另一个声音在耳朵里回荡。那是我自己的声音。我在短暂、疲惫的沉默时刻说话了。

"……我开车穿越美国时在伊利诺斯70号州际公路上看到一块标牌上说：'上帝、勇气和枪支造就了美国的强大。让我们永保这三件东西。'"

"哈哈，"玛丽和特伦斯得意地欢呼道。乔治站起来，手里拿着空杯子。

"没错，"他喊叫着说。"没错，你可以贬低它，但那是对的。这个国家曾有过狂暴的过去，很多勇敢的男人牺牲了，为了创造……"

"男人!"玛丽应声说。

"好吧,还有很多勇敢的女人。美国是用枪缔造出来的。你没法回避这点。"乔治大步穿过房间,走到角落的吧台,从很多瓶子后面取出个黑乎乎的东西。"我这里就保存着一把枪,"他说,举起这家伙给我们看。

"为什么保存这个?"玛丽问道。

"等你有了孩子,你对生死的态度就会开始变得不同。没有孩子在身边的时候,我从来不藏枪。现在,我想,我会射杀任何威胁到孩子生命的人。"

"这是把真枪吗?"我问。乔治一手拿着枪,另一只手拿着一瓶新鲜的威士忌朝我们走回来。"绝对是一把真枪!"这把枪很小,长度不超过乔治伸开的手掌。

"让我看看,"特伦斯说。

"里面上了子弹的,"乔治把枪递过去时警告说。这把枪对我们所有的人似乎都产生了某种镇定的效果。我们不再大喊大叫了,枪在那里,大家说话都很安静。特伦斯检查枪的时候,乔治给我们的杯子里斟上酒。他坐下后提醒我答应要吹奏长笛的。随后是一两分钟晕晕乎乎的沉默,其间只有乔治的话打破过沉默,他说喝完这轮酒我们就该吃夜宵了。玛丽在出神地想着什么。她食指和拇指捏着杯子慢慢转着。我用胳臂肘撑着身子往后躺去,开始拾掇刚才谈话的碎片。我使劲回忆着我们怎么就忽然出现了现在的沉默。

这时特伦斯啪地一下打开安全栓,把枪对准乔治的脑袋。

"举起你的手来,基督徒,"他闷声闷气地说。

乔治没动。他说:"你别拿枪开玩笑。"特伦斯握得更紧了。当然,他是在开玩笑,可是我从自己待的那个角度看到他的手指勾着扳机,已经开始要扣了。

"特伦斯!"玛丽细声说,用脚轻轻地触了下他的后背。乔治眼睛始终盯着特伦斯,抿了口酒。特伦斯为了稳住枪,另一只手也握了上去,而枪正对着乔治的脸中央。

"枪支持有者都去死吧。"特伦斯说,没有丝毫开玩笑的意思。我也试图喊他的名字,可是从我的喉咙里发不出任何声音。我再次想说时,在不断加剧的恐慌中却说出毫不相干的东西。

"是谁?"特伦斯扣动扳机。

从那一刻开始,晚上的氛围陡然瓦解成中规中矩、令人

189

费解的彬彬有礼,在这方面,只要愿意,美国人绝对比英国人在行。乔治是唯一看到特伦斯从枪里退出子弹的人,这让我和玛丽在一种轻微却拖了很长时间的惊恐心理状态中结成联盟。我们吃着平放在膝盖上的盘子里的沙拉和冷肉片。乔治问起特伦斯有关奥威尔的论文和教职工作的前景。特伦斯问了些乔治的生意情况,游艺聚会的出租设备和病房必需品。玛丽被问及在女性主义书店的工作,她的回答很温和,小心地避开任何可能激起争论的说辞。最后,我被点名详细介绍了一下自己的旅游计划,我说得事无巨细,冗长又乏味。我解释说回伦敦前想去阿姆斯特丹玩上一周。这又招致特伦斯和乔治花了几分钟的时间赞美阿姆斯特丹,不过,显然,他们看到的是绝对不同的城市。

后来,在别人喝着咖啡打着哈欠的时候,我开始吹奏长笛。我吹奏巴赫奏鸣曲的水平没有比平常更糟,也许是喝醉了的缘故,稍微多了点自信,但内心却很排斥这首曲子。因为我已经厌倦了这首乐曲,厌倦自己吹奏它。当音符从纸上转化到我的指尖时,我却在想,我还要吹奏这个吗?我还能听到大家升高的话语的回音,我看见了乔治伸开的手掌中那把黑色的枪,那位喜剧演员从黑暗中重现出来,又抓起那个麦克风。我看到自己几个月前开着租来的小车从布法罗出发前往旧金山,透过敞开的车窗对着咆哮的风高兴地大喊大叫,是我,我到这里了,我来了……这一切和音乐有何关联? 我为什么不去寻找它? 我为什么还继续做着自己做不了的事情,吹奏着来自另一个时代和文明的音乐,它的确定和完美对我来说就像某种借口和谎言,诚如从前或者当下,在别人眼中,依然是某种真理。我应该追寻什么?(我像钢琴的轰鸣般机械地吹奏完第二乐章。)某种艰难又自由的东西。我想起了特伦斯讲的他自己的故事,他拿枪玩的游戏,玛丽拿自己做的实验,想到自己在某个茫然的时刻不断地用手指敲击书的背面,这个巨大、碎片般的城市,没有中心、没有居民,一个只存在于内心的城市,一个连接个人生活中的变化或者停滞的纽带。画面和意念喝醉了般纷至沓来,暗示和谐与无法言传的逻辑的小节挤压在一起不断地走调。在一个节拍起跳的工夫,我越过乐谱看了眼朋友,他们都摊开来躺在地板上。接着他们的余影在乐谱上冲着我很快地闪烁了几下。也许,甚至可能,我们四个今后永远不会再相见,面对这种司空见惯的无常,我的音乐在理性上显得很空洞,它的多重决定性又显得微不足道。把

191

这个交给别人吧,交给专业人士去处理,他们会唤醒真理的过去。对我而言,它什么都不是,既然我已经知道自己想要什么了。这是文雅的逃跑主义……把答案写在里面的字谜游戏,我再也没法吹奏了。

演奏到慢章的时候我忽然中断了,然后抬起头。我正要说"我再也演奏不下去了",可是他们三个却站起来鼓掌,冲着我爽朗地笑着。乔治和特伦斯模仿音乐会上的听众,把手合在嘴边像喇叭般大声喊道:"真棒!太棒了!"玛丽走上前来,吻了下我的面颊,拿着一束想象的花朵献给我。对这个尚未离开的国家的思念之情油然而生,但我能做的只有把双脚并拢,鞠上一躬,把花束紧紧地抱在胸前。

这时,玛丽说:"我们走吧,我累了。"

译后记

　　伊恩·麦克尤恩1972年毕业于英国东英吉利大学创作硕士班,1975年出版第一部短篇小说集《最初的爱情,最后的仪式》,获萨默塞特·毛姆奖,1978年出版了第二部短篇小说集《床笫之间》,均获巨大成功。他的短篇小说语言简洁典雅,内容却令人毛骨悚然,在貌似沾染色情的描写背后潜藏着严肃的意义。他早期的这些短篇处理的题材相对狭窄,大多反映带有病态意味的性心理和行为。在最初的两部短篇小说集中,麦克尤恩自由放任的想象力就已初现端倪,这些小说构成了一个由充满不合时宜、颓废、反常、被遗弃的人组成的世界,情节既怪诞又残忍,性、死亡、乱伦乃至残杀儿童的主题赫然在目,但作者却用优美精确的语言来承载这些令有些人觉得不适、不安、恐怖然而又仿佛源自生活某个晦暗角落的题材。他的短篇小说可谓精确描述和黑色幽默相结合的产物。有人评论他行文之冷静与准确犹如艺术品手工场的说明书。

虽然麦克尤恩后来几乎不再经营短篇,但是对自己在20世纪70年代中期发表的那批短篇却非常珍爱。他1983年接受专访时谈到,"我创作那些短篇的态度非常严肃,写的时候速度很慢。我会始终不渝地支持它们"。有评论者认为,这批短篇值得我们关注,理由如下:奠定了麦克尤恩作为年轻作家的重要地位;不少评论家对之颇为重视;麦克尤恩本人非常珍惜;这批短篇以各种不同而又复杂的方式指向后来的长篇创作。另外,这批短篇本身就魅力独具。

麦克尤恩的这些短篇自发表以来始终有大批崇拜的粉丝,很少遭到过冷遇,甫一露面,便引起某些评论家的关注。这两部集子出版后不久,美国的重要评论刊物《党派评论》和《斯温尼评论》就曾提及和评介。我们暂且把讨论的重点放在他的《床笫之间》上。赫尔米奥尼·李在《新政治家》杂志上对这部短篇集的评论就非常正面和积极。她写道:这七个短篇是对荒芜和变态生活优美而令人毛骨悚然的描写,最初的震撼过去后不会轻易被忽略,那种别致的痛苦和失落的意象回想起来似乎深有所植。在《观察家》杂志上,这位评论家声称麦克尤恩在这本集子里显示出卓尔不群的小说家应该具备的特质,频频向欲望、尴尬和社会疏离投去冷静和准确的瞥视,同时又非常好玩。不过也有个别评论家毫不掩饰对麦克尤恩创作题材的反感。卡洛琳娜·布兰克伍德认为麦克尤恩别具一格,对都市的荒凉景致描写鲜活生动,善于营造令人难忘的危险氛围。但是,某些冒犯普通人底线的不爽描写也让他付出代价,刻意让人惊愕,导致对话的扭曲几近荒唐,而且情节构思上人工斧凿的痕迹较为明显。尽管如此,无论普通粉丝还是写作界人士,总有人依然对这批短篇珍爱有加。

《床笫之间》里的七个短篇均与怪诞和变态的纠结有关。作者使用了诸多超现实的元素,却将其天衣无缝地融入日常生活中。《一只豢养猿猴的沉思》中的那只猿猴,以第一人称口吻表达了对挚爱的恋人,那位跟它睡过觉却眼看要抛弃自己的女作家的愤懑和幽怨。除了极个别生理上的特殊感受,这只絮絮叨叨像个怨妇般的猿猴的几乎所有思绪都可以置换成一个真实男人的所思所想。这个构思完全是超现实的,但猿猴的思绪却可以在人性中找到对应点,那种挫折感、绝望感和一波三折的情绪变化,完全建立在人的日常感觉上。《临死前的高潮》里的叙述者是个伦敦富商,忽然被服装店橱窗里展示的塑料女模特击中了欲望的某个敏感点,爱得欲罢不能,煎熬不已,然后用商人特有的方式出价把女模特买了回去,可是男人的自私、多疑和嫉妒又让他痛下重手,强奸了没有生命的模特后又将其摧毁。臆想的奸情导致的嫉妒逐渐累积,终于失控,发生了毁灭性的质变。如果把那个服装模特置换成有着真实肉体的女人,这个商人的爱欲和反应同样成立。然而这个故事在现实中成立吗? 当然不成立。但麦克尤恩在想象中让它如痴如醉地成立了。猿猴和女人相爱,富商和没有生命的橱窗模特相爱,我们可以把这两篇小说的要旨强词夺理地讲成人与动物、人与物件的怪诞相恋,这样的爱恋反而把人性中幽暗的国度照得更加亮堂。作者把正常社会压抑的东西用变形的方式放大了,便于人们观看。

女性的报复行为有时非常原始和野蛮,《色情作品》中两个可能被传染上淋病的女护士索性把她们共同的唐璜给阉割了。奥伯恩在两个女人中间游刃有余地睡来睡去,这种不负责任招致的不是道德谴责和经济损失,却是终生不能为男人了。这样的事情在现实中发生的概率有多高不好说,其震撼性却让人惊愕,对这样一个结局,过多的阐释显得很苍白。

内心的荒凉和冷寂感在《两断片》中体现得尤为尽致。前篇写了叙述者与女儿的关系,但用的是第三人称,重点叙写了带女儿在广场上观看以剑刺腹的收费表演,好像街头的残忍表演成为舒缓百无聊赖心境的良药。后篇改换成第一人称,叙述了与情人的关系,结尾时又偶遇某中国人,在其家中短暂逗留,吃了难以下咽的晚饭。前后两篇都用大量的篇幅描写了叙述者看到的景象,市政广场上满目疮痍;情人心灰意冷,家里充斥着工业时代遗留的垃圾;夜晚的伦敦大街到处是生火御寒的市民;中国人家里摆着寒碜的家具,女主人凶恶寒酸,女儿冷漠无情、粗俗失礼;作者借助这些外在表象的描写来衬托内心世界的荒凉,以及人生没有目标的冷寂感。

题名小说写得小心翼翼,因为要表现的是父亲隐隐约约的乱伦意向,稍有不慎就会处理失当,过了会露骨,欠了又有意图不明之嫌。这个分寸的把握需要费些思量。简简单单的情节中还是蕴藏了尽可能多的信息。丈夫与分居妻子的关系,父亲与女儿的关系,女儿与朋友的关系,女儿的性萌动，中年男子对未成年女招待的性幻想，对女儿朋友的暧昧动作，所有这些微妙冲动和张力都要在室内简单的日常举止中呈现出来。

麦克尤恩的短篇在传统保守的外表下包藏着很现代的内容，但他不屑于文本实验，不过《来回》却有明显的意识流色彩。《来回》是这个集子中颇显例外的篇章。从语言风格看，它想通过个别单词和短语的重复，试图取得散文诗的效果，同时还频繁地用到晦涩的隐喻。它的情节几近没有，仿佛是断断续续的梦呓，夹杂着回忆的印象片段。叙述者躺在床上，思绪时而落在睡着了的情人身上，但主要落在自己曾经工作过的办公室，同时还存在一个镜像对称般的自我，让本来晦涩的意境变得更加不知所云。意识在两种时间和地点里来回运动，却没有定型的线状推进线索。其他短篇都遵循清晰的逻辑时间线索，只有这篇是例外，正如标题所暗示的，它写的原本就是不愿发展，只想来来回回、反反复复的循环。我们不妨可以把这篇的旨意理解为自我身份确认的焦虑。

《心理之城》可谓这部短篇集里最具现实主义风格的作品了，可仔细推敲，神出鬼没般浮现的几个人都不在常态范畴里,均为躲在现实外壳里的怪物。几个分别活动的人物最后要在其中某个人家里会聚时,他们的气质、思想、性格的差异开始变成有惊无险的冲突。这篇小说篇幅较长,似乎没有找到恰当、清晰的结构,有琐碎和聚焦失准之瑕。

除了怪诞这个整体外在特质,七个短篇还处处流溢着或浓或淡的性色彩。豢养猿猴对女作家的幽怨中处处透着让人感觉别扭的性幻想,富商对没有生命的橱窗模特的性占有完全是赤裸裸的,虽然没有过多直接的性描写言辞,但富商对模特爱恋的根本动力无疑是性而不是爱。那位在两个女人之间游弋的色情刊物店雇员自己得了淋病却仍然不负责任地传播和扩散性病,最后惨遭阉割。题名小说里那位中年父亲把正在进入青春期的女儿和女儿的矮个女友接到家里,意识中却充满了极力克制的乱伦感,同时还暗示了这位作家父亲的恋童情结。其他诸篇对性问题都有曲折和简洁的暗示描写。不过需要指出的是,麦克尤恩虽然篇篇涉性,但他并没有沉溺于情色挑逗,你会发现他的性甚至过于知性,过于干净,过于冷冰冰,缺乏肉体灼热的温度。因为不少性场合、性幻想、性氛围很别扭,反而把读者的盎然兴趣支离开来,不让读者咀嚼和沉溺其中。这些短篇写于二十世纪七十年代,在历史学家看来,那是一个性泛滥的年代,麦克尤恩初现文学界携带的这批短篇难免要染上那个时代的色彩。

这七个短篇犹如七则寓言,不过处理的并非教义和启示,而是人性中潜在的怪诞和黑暗,我以为它们不是来自纯粹的现实生活,而是出自智性想象的构筑。既然是寓言,有些要素就不见得那么水到渠成,不见得让生活本身说话,不见得让涉及的主角们自行演绎,而是带有强烈的作者人为裁定的色彩。麦克尤恩其实是把人性中黑暗和别扭的东西单抽出来专心予以研究、推敲、琢磨、展示,所以,我们不要指望从这些小说中发现乐观主义和光明灿烂的生活,如果我的猜度没错的话,这样的指望肯定是缘木求鱼或者南辕北辙。可以说,几乎是怪诞、变态、性这几样东西构成这七个短篇的内核和情节发展的激情动力,这些要素也强化了小说的晦暗程度,少却了它们,这些短篇似乎就寸步难行,作者的才华仿佛就没有附着点;没有这些黑色要素,作者的才华似乎就会变得黯淡无光。

不难看出,麦克尤恩营造这些短篇,用心不在叙述事件,而在角色的精神心理状态和由此导致的结果。几乎篇篇都与精神心理的折腾有关。欲望、羞耻、不安、焦虑、乱伦、谵妄、绝望、混乱、受虐、报复、虐待、阉割的恐惧,诸如此类消极的情感要素成为麦克尤恩最钟情的素材,招之即来。不过,老麦的过人之处在于他没有像有些吸毒作家那样现场直播、现场呼吸这些东西,而是力图保持某种克制甚至优美的距离,将其呈现出来。

我们还会注意到,麦克尤恩主人公们的身份多是社会边缘人物,即便出现了富商,他的生活方式也并不主流。他们不仅与当下的社会疏离,似乎也与历史和政治积淀疏离,沉溺在自己孤独、陌生,甚至隔绝的狭窄世界中不可自拔,受着某种难言的变态激情的驱使。麦克尤恩把这些外在世界简化后,编织出更为抽象的男女关系性别之网。买回模特的富商无疑把女人当成泄欲的工具,这种性别关系荒谬绝伦却极具符号象征意义。色情刊物店的店员自己明明知道得了性病却依然盘剥两个女性,完全不将女性的健康放在眼里。开女性主义书店的女老板貌似捍卫女权主义,私下里却享受着男人的捆绑鞭笞。畅销书女作家理该风雅洁净,却豢养着脏兮兮的猿猴供其满足私欲。中年作家的意识中不时浮现着对幼女的占有欲,其间又涉及父女关系,男人与幼女的关系,两个青春期少女之间的关系。从这些互动关系中可以看出,不仅男人是规矩的破坏者,女人同样也不堪。这些复杂的组合大概也曲折地反映了那个时代性关系的混乱和变态世风。

同样有趣的是,麦克尤恩让自己的主人公活动的场所大都是封闭、幽暗、发臭、阴雨绵绵的地方,荒凉的小街,堆满废品的场院,枯燥乏味的办公室,人烟稀少的小酒馆,堆满色情刊物的库房,很少让他们衣着光鲜地出入于富丽堂皇的大厦豪宅。说实话,这样的背景安排我很喜欢。在这样的地方,麦克尤恩便于让他的人物屠杀活物,便于让他们有相称的空间施展变态的举措,比如被捆绑起来。老麦将其主人公不是变相囚禁,就是搁置在与世隔绝的地方,往往两者据其一。

评论家经常称道的麦克尤恩的语言可毫不隐晦,几乎是简洁明了的典范。他的语言干干净净,规规矩矩和变化多端交织,控制得游刃有余,好像一个炉火纯青的少年作家修炼到了很高的境界,已经完全不屑复杂,不屑结构,不屑口语和书面语之别,只以平常心巧夺天工。这在第一人称叙述的作品中表现得尤为明显,猿猴和富商的自言自语可见一斑。在非第一人称叙述的作品中,语言风格具有鲜明的中性色彩,不去过多地堆积主观描写,到位即可,而且留白很多,时而正式,时而不正式,不会因为中性而显得单调。很多时候,麦克尤恩有意从简单的词汇库存中提取自己所需,然而简单的词汇组合出的句子含义却未必简单。早年翻译他的《蝴蝶》、《与关在壁橱里的人对话》、《夏季的最后一天》、《最初的爱情,最后的仪式》、《立体几何》等短篇时我就已有这种感觉,由于题材的变化,这些叙述风格到了《床第之间》时已经略有调整,但底色依然如故。他喜欢使用并列句,不怎么爱用从句,至于枝枝蔓蔓的插入语,能剪掉就剪掉,所以读他的英文时,感觉就像句子的正方体和长方体在往前行进。

早年我偶尔会遗憾在写完自己的系列短篇集《果园之火》后方才遇到麦克尤恩,如果早些相遇,也许麦式黑色和怪诞味道可以对我多些启示。如今我差不多已经翻译了麦克尤恩这两个短篇集里的所有作品,可是写作的取向已经不允许大面积地向他的短篇学习了,或许这样的翻译式学习进入潜意识的黑海后,经过激荡搅拌,没准哪天会化作灵感和创造力,助我写出属于自己的好东西。若要细究,麦克尤恩固然会有瑕疵,可是对任何写作学徒而言,老麦的短篇理当属珍之在手的学习参考典范。

杨向荣

2015 年 4 月

图书在版编目(CIP)数据

床笫之间/(英)伊恩·麦克尤恩(Ian McEwan)著;
杨向荣译.—上海:上海译文出版社,2018.6(2025.2重印)
(麦克尤恩作品)
书名原文:In Between the Sheets
ISBN 978 - 7 - 5327 - 7765 - 5

Ⅰ.①床… Ⅱ.①伊… ②杨… Ⅲ.①短篇小说—小
说集—英国—现代 Ⅳ.①I561.45

中国版本图书馆 CIP 数据核字(2018)第 042407 号

Ian McEwan
IN BETWEEN THE SHEETS
Copyright © 1978 by Ian McEwan
This edition arranged with ROGERS, COLERIDGE & WHITE LTD(RCW)
through Big Apple Agency, Inc., Labuan, Malaysia.
Simplified Chinese edition copyright:
2018 Shanghai Translation Publishing House(STPH)
ALL RIGHTS RESERVED.

图字号:09 - 2008 - 534 号

床笫之间
〔英〕伊恩·麦克尤恩 著 杨向荣 译
责任编辑 / 管舒宁 装帧设计 / 储平工作室

上海译文出版社有限公司出版、发行
网址:www.yiwen.com.cn
201101 上海市闵行区号景路159弄B座
江阴市机关印刷服务有限公司印刷

开本 850×1168 1/32 印张 6.5 插页 5 字数 85,000
2018 年 6 月第 1 版 2025 年 2 月第 5 次印刷
印数:15,001—16,500 册

ISBN 978 - 7 - 5327 - 7765 - 5
定价:39.00 元